Willkommen in meiner Welt!

In diesem Buch beschreibe ich Entstehung und Verlauf einer psychischen Krankheit anhand meiner Lebensgeschichte. Ich bin manisch-depressiv – was bedeutet das? Zustände zwischen teilweise Himmelhochjauchzend und andererseits zu Tode betrübt. Die Gefühlswelt bewegt sich von Selbstmordgedanken bis hin zur vermeintlichen Unbesiegbarkeit, von sinnlos bis grenzenlos, von antriebslos bis rastlos, von lustlos bis triebgesteuert – ein Leben mit Extremen.

Es geht um sexuellen Missbrauch in der Kindheit, die Entwicklung zu einer manisch-depressiven Persönlichkeit, das Nicht-Wissen um diese Krankheit und den langen Weg zu Wahrheit und Klarheit. Am Ende geht es darum, Verstand und Gefühl zu vereinen, um mit dieser Krankheit zu leben, anstatt sich umbringen zu wollen.

Ich hoffe, mit diesem Buch Verständnis für psychisch Kranke bei deren Umfeld zu wecken und den Kranken selbst Mut zu machen. Zudem erwies sich das Schreiben durchaus auch als therapeutische Maßnahme für mich.

Anne Backen, im Dezember 2010

Anne Backen

schwarz-weiß-*bunt*

Eine wahre Krankheitsgeschichte

Schlimmer geht immer.
Manchmal auch besser.

Impressum

Copyright © Anne Backen (AvH) 2010

www.anne-backen.de

Umschlaggestaltung und Rezension:

Michael Schönbrodt

Herstellung und Verlag:

Books on Demand GmbH, Norderstedt

ISBN 9783842329119

Kapitel

Vorwort

Die „Bipolare Störung" ist der neue, moderne und einigermaßen unvorbelastete Begriff für etwas, das früher eher klang wie eine Geisteskrankheit: es hieß MANISCH-DEPRESSIV und gehörte für mich in den Bereich der Schizophrenie und Psychosen.

Als ein befreundetes Paar, er angehender Arzt und sie Apothekerin, mir vor über 20 Jahren sagte, sie vermuteten diese Diagnose bei mir und ich solle das mal überprüfen lassen, wies ich es weit von mir. Schließlich verstand ich es fälschlicherweise so, dass manisch gleich zwanghaft sei – und ich war doch nicht andauernd und zwanghaft depressiv. Im Gegenteil, mir ging es doch phasenweise super-gut. Das traf auf mich also überhaupt nicht zu!

Erst jetzt, so viele Jahre später (und so viele Qualen später) weiß ich, dass es stimmt. Und ich kam durch einen Beipackzettel darauf:

Wegen anhaltender Schlaf-Störungen verschrieb mein Neurologe mir ein Medikament, das die Tiefschlaf-Phasen fördern und nebenbei außerdem die Stimmung aufhellen sollte (Trazodon). Ich schlief auch besser, aber im Laufe der Wochen und Monate wurde meine Stimmung immer düsterer, ich war immer stärker von Selbstmord-Gedanken und -Absichten beherrscht. Es war nicht mehr die Frage OB ich mich umbringen würde, ich wusste auch schon WIE. Eigentlich auch WANN ...

Aber irgendwie machte diese Düsternis im Kopf mir auch Angst. Und dann kam es mir so absurd vor, dass ein stimmungsaufhellendes Medikament diese Wirkung hatte. Ich las den Beipack-Zettel mal richtig gründlich, und da stand etwas Merkwürdiges:

Bei manisch-depressiven Erkrankungen könne es die Manien verstärken und ebenso die Neigung zu Selbstmord-Gedanken – man solle sich dann an Freunde oder einen Arzt wenden oder besser noch sofort in ein Krankenhaus begeben.

Habe ich nicht sofort (inzwischen ist die Diagnose von einem Psychiater gestellt), aber es klickte in meinem Hinterkopf, die Vermutung meiner Freunde fiel mir wieder ein – und diesmal wies ich es nicht sofort von mir, sondern suchte im Internet nach dem Begriff und las mal nach. Siehe da, die Beschreibungen passten ja auf etliche meiner Symptome.

Manische Phasen sind nämlich das Gegenteil einer Depression, eher euphorisch. Die Betroffenen schwanken zwischen dem sprichwörtlichen Himmelhochjauchzend und zu Tode betrübt.

Jedenfalls erkannte ich mich in vielem wieder, und das war weniger erschreckend als vielmehr erleichternd! Ganz früher hatte ich immer die Angst, irgendwann würde es „schnapp" machen – und ich wäre verrückt. Ich dachte, nur ständiges Aufpassen, also Selbstkontrolle, könne das verhindern. Mir war also immer klar, dass irgendetwas grundsätzlich nicht in Ordnung war, aber ich konnte es nicht benennen. Es war nicht greifbar, nicht fassbar, nicht steuerbar.

Ich fühlte mich nicht wie eine geschlossene Persönlichkeit, sondern eher als mehrere gegensätzliche Personen.

Bipolar = Tricolor
Diese Krankheit hat für mich drei Farben:

SCHWARZ – steht für die Depression.

WEISS – ist die „Zwischen-Ebene", der Verstand, Vermittler und Kontrolleur, die Fassade.

BUNT – ist Manie, die Lebenslust und Euphorie.

Um für Transparenz und Übersicht zu sorgen, werde ich mich dieser drei unterschiedlichen Schriftarten bedienen, wenn die „verschiedenen Personen" bzw. Gemütszustände beschrieben werden: **SCHWARZ** WEISS *BUNT*

> Wenn ich den chronologischen Erzählfluss verlasse und auf die Dinge aus meiner heutigen Sicht Bezug nehme, habe ich die Texte eingerückt – und kehre anschließend zum zeitlichen Ablauf zurück.

I Der Missbrauch

Wie die Anfänge des Fernsehens:
erst mal nur schwarz-weiß

Wie alt war ich eigentlich, als es anfing? 5 oder 6 Jahre? Es ist mehr so eine „Erinnerung an eine Erinnerung" – mit ca. 13 oder 14 habe ich rekapituliert, dass ich wohl 5 oder 6 Jahre alt war, als es schleichend begann, mit Berührungen, die vorerst harmlos, unauffällig wirkten. Irgendwann wurden sie verwirrend und dann auch unangenehm.

Und da war es auch schon zu spät, denn ich steckte schon mittendrin im Missbrauch durch meinen Vater – ich hatte es ja nicht gleich gesagt! Ich war mitschuldig!!!

Da gab es dann auch schon die Gedanken über mögliche Konsequenzen, und das sah gar nicht gut aus für mich: Scheidung der Eltern, Heim, Schuldzuweisung. Ungefähr ab dem 10. Lebensjahr fühlte es sich so an, dass ich die Verantwortung hatte für das ganze verlogene, verschissene Ding, das sich Familie nennt... mein Vater hat diese Art von Verantwortung wohl eher nicht empfunden. Aber was war auch von ihm zu erwarten? Er war schwach, feige, unintelligent – und krank. Meinen Respekt hatte er gewiss nicht, nur Verachtung. Eigentlich war ich sehr frühzeitig „fertig mit ihm".

So wie mit Gott auch! Ich hatte gebetet und gefleht, dem Ganzen Einhalt zu gebieten, mir zu helfen, mich zu retten. **Nix passierte. Es gibt also keinen Gott. Oder falls doch, bin ich ihm scheißegal.** Abgehakt.

Mit meiner Mutter war ich erst Jahrzehnte später fertig, ich brauchte sie wohl noch als Illusion „wenn sie es wüsste, würde sie mir helfen – ihn wegschicken, zu mir halten, ihm die Schuld geben" – aber **Gefängnis, Scheidung, Heim – und mein unbeteiligter kleinerer Bruder mittendrin...**

Oder wenn Onkel Armin es wüsste, mein selbst ausgesuchter Vater-Ersatz, **er würde seinen Bruder töten, aber dann Familie kaputt, vielleicht auch Heim –** also nichts sagen. Gutes Gefühl, dass er ganz sicher helfen würde, wenn er wüsste! **Aber geht ja leider nicht. Verantwortung!! Er darf nicht meinetwegen ins Gefängnis kommen!!!**

Trotzdem oft das Gefühl **„warum hilft mir keiner, rettet mich doch – ich kann es nicht alleine schaffen – H I L F E !"**

Ich glaube, damals gab es nur die Schwarze und die Weiße. Die Weiße regelte die Fassade, machte nach außen hin eine vermeintlich normale Entwicklung möglich. Sie konnte lernen und sogar lachen, sie hat gut funktioniert! Die Schwarze wurde perfekt abgespalten und isoliert, **ein Kind der Einsamkeit, der Traurigkeit, der Nacht.**

Aber die Nacht war mein Feind. Denn die Übergriffe waren längst – ich weiß nicht ab wann – auf die Nacht verlagert worden. Da war nichts Zufälliges (vielleicht ja doch Überbewertetes, im Grunde Harmloses?) mehr.

Unmissverständlichkeit. Unentrinnbarkeit.

Mein Bett war nicht Ort der Ruhe und des Rückzugs und der Sicherheit! Ich wusste nie, wann es wieder passiert, dass ich von unerwünschten Berührungen wach werden würde. Manipulationen an meinem Körper. Umdrehen, wegziehen, ausweichen – nicht viel Raum dafür, links die Zimmerwand und rechts er! Bloß nicht im Schlaf umdrehen, von hinten ist man noch angreifbarer, von vorn mit hochgezogenen Knien kommt er schwerer an mich heran...

Und mein Bruder im selben Zimmer. Meine Mutter nebenan. Leise und unauffällig kämpfen. GEHEIM!

Kinder haben ja noch nicht so ein präzises Zeitgefühl – ich erinnere mich an Zeiten häufiger Bedrängnis, aber auch an längere Pausen. Wie lange? Wochen, Monate? **Manchmal dachte ich, es sei vorbei. Endlich vorbei. Aber dann ging es weiter, war eben doch nur eine Pause gewesen... zu früh gefreut.**

Ich konnte mit der Zeit den Körper vom Kopf abwärts „tot stellen", gefühllos machen (das glaubte ich noch lange Jahre danach tun zu müssen, wenn mich jemand anfasste, sexuell berührte. ICH LASSE MICH NICHT MANIPULIEREN!

Schlechte Voraussetzungen für sexuelle Erfahrungen bzw. Entwicklung. Und dann noch **– hoffentlich merkt der nicht, wie verklemmt ich bin! Will es nicht erklären, habe ein Geheimnis!!!)**

> Und dann habe ich gewusst: Nur mein Kopf gehört ganz allein mir. DA ist meine Sicherheit, mein Rückzug.
>
> Hallo Weiße, du hast ein Zuhause! Keiner kriegt Dich, keiner weiß, was Du denkst!
>
> Für andere ist wohl ihre Mitte bzw. der Sitz ihres Selbst/ihrer Seele so im Bereich Brust oder Bauch, bei mir ist es der Kopf

Dann mittendrin in der Pubertät. Viel Leidensdruck. Die Angst wuchs! Wird er noch einen Schritt weiter gehen? Bisher gab es „nur" Berührungen – die Gefahr einer richtigen Vergewaltigung, also Penetration, wuchs. Wie würde ich mich dann wehren? Manchmal überlegte ich, mir ein Messer unters Kopfkissen zu legen. Aber dann dachte ich, das wagt er nicht! Mein Bruder schläft im selben Zimmer, DAS kann er nicht unbemerkt tun! **HOFFENTLICH NICHT**! Aber wenn, dann **WEHRE ICH MICH!!!**

> Eine sehr spät gesetzte und vehemente Grenze. Sie musste so lange warten, weil es wegen des „normalen Missbrauchs" ja schon zu spät war, ich hatte mich nicht sofort gewehrt oder mir Hil-

fe geholt – ich war mitschuldig (dachte ich). Umso mehr Vehemenz war für den evtl. nächsten Schritt notwendig. Übrigens ein Verhaltensmuster, dem ich im Umgang mit anderen Menschen treu blieb. Erste Übergriffe, Schlecht-Behandlungen nicht bemerken, nicht einordnen können - deshalb keine Grenzen setzen in Form von unmittelbaren Reaktionen und Konsequenzen, also wieder das Gefühl **es ist zu spät, nicht rechtzeitig gewehrt – aber beim nächsten Schritt, da schlage ich dann um mich!**

Ich hatte Glück, auch ohne Hauen und Stechen blieb der befürchtete nächste Schritt aus – es hörte sogar auch der „normale" Missbrauch auf. Und es war soooo einfach! Unfassbar! Lediglich ein Eintrag im Tagebuch „letzte Nacht war Papa wieder da – soll ich zur Polizei gehen?" – der Alte hat mein Tagebuch tatsächlich gelesen!

Und das erste und einzige Mal war das Geheimnis im Alltag aufgetaucht, hat die Fassaden überwunden (er muss ja auch durch Verdrängung die Alltags-Rolle aufrechterhalten haben?!) Es war noch NIE darüber gesprochen worden. Es gab keine Drohungen oder Schläge, um die Geheimhaltung durchzusetzen – es hat unausgesprochen und von selbst „funktioniert", ich war ja nicht doof...

Und nun, am helllichten Tag sprach er mich darauf an: „Ich habe Dein Tagebuch gelesen, wie kannst Du das denn schreiben? Wenn das Deine Mutter gelesen hätte, was meinst Du, was dann los gewesen wäre!?! Ich weiß ja auch nicht, warum ich das mache..."

Und von da an „machte er es nicht mehr".

So einfach ging das!!! (Ich habe keinen Ton gesagt.)

Warum erst dann? Warum nicht schon Jahre früher? Hätte ich doch, hätte ich doch, hätte ich doch bloß...

So viele Jahre!

Ich war Vierzehn.

Das Kapitel Missbrauch war also beendet. Die Folgen daraus fingen erst an. Auf allen Ebenen – insbesondere den unterbewussten.

Viele Jahre lang hatte ich immer wieder den gleichen schlechten Traum:

Ich war auf einer Wiese und schaute nach oben.
Dort startete ein Flugzeug in den Himmel.
Ich beobachtete es, zuerst mit Interesse und dennoch mit Unbehagen, wartete auf etwas?
Das Gefühl wurde klarer: Angst.

Und dann passierte es, das Flugzeug hörte auf zu steigen und begann abzustürzen!

Ich rannte und rannte und rannte, und ich wusste unwiderruflich, warum es abstürzte: WEIL ICH HINGESCHAUT HATTE.
Es war meine Schuld!!!

Warum fiel es mir nicht auf den Kopf? Aus einem einzigen logischen Grund: Ich rannte nicht geradeaus in Richtung Flugbahn davon, versuchte nicht, schneller zu sein als das Flugzeug – ich lief einfach zur Seite weg.

Im wirklichen Leben habe ich genau das auch immer getan.

II Meine Eltern

„Niemand ist so überflüssig im Leben, als dass
er nicht wenigstens noch als schlechtes Beispiel
dienen könnte."

Obwohl es ein wichtiger Antrieb für mich war, NIE, NIE, NIE meinen Eltern ähnlich zu werden, sondern mich viel besser und vor allem reflektierter zu verhalten – meine Gefühle für sie waren durchaus ambivalent. Da war auch viel Verständnis und Mitgefühl, sie waren ja selbst irgendwie Gefangene ihrer eigenen Geschichte.

Das lähmte mich teilweise, verhinderte ganz viel von der ja durchaus berechtigten Wut. Und die Gefühle, die durch Selbstkontrolle nicht zugelassen waren, habe ich letztlich gegen mich selbst gerichtet. Was ich leider erst viele Jahre später erkannte. Ist „besser spät als nie" dann ein Trost? NEIN. Der einzige Trost ist „alles immer so gut, wie ich es zu dem Zeitpunkt konnte und wusste". Und dieser Ansatz ist der wichtigste – um vor allem sich selbst zu verzeihen. Denn das ist ungleich schwieriger, als anderen zu verzeihen! Besonders, wenn man diesen hohen Anspruch an sich selbst hat, viel besser und re-flektierter (was ja eigentlich bei dem niedrigen Ver-gleichs-Niveau ganz einfach sein müsste) zu agieren. Aber wenn ich dann ehrlich zurückblicke – habe ich ganz oft nur reagiert anstatt zu agieren. Und statt die gleichen Fehler zu machen, habe ich eben neue ge-macht...

Aber zurück zu meinen Eltern.

Zu meiner Mutter.

Ich erinnere mich natürlich nicht daran, dass sie mich als Baby verhauen hat. Aber sie hat es erzählt. Und zwar so erzählt, dass sie nicht unbedingt die Böse war, sondern es war IHRE Leidensgeschichte.

Ich hatte bei der Geburt Fruchtwasser in die Augen bekommen, und daraufhin haben sich meine Augen übel entzündet. Sie musste mir die eiterverklebten Dinger dann alle 2 Stunden aufreißen, um Augentropfen hinein zu geben – und ich habe geschrien. Jedes Mal mehr. Und nachher schon dann, wenn ich nur ihre Schritte hörte. Und weil ich nicht aufhörte zu schreien, hat sie mich verhauen. Erstaunlicherweise (?) habe ich auch dann noch nicht aufgehört, also hat sie mich noch doller verhauen.

„Ich hab' Dich sooo verhauen!" – **als sie mir das erzählte, tat SIE mir leid. Endlich ist das Baby da, und dann mag es einen nicht, sondern hat Angst, lehnt einen ab, brüllt und brüllt. Das muss doch furchtbar für sie gewesen sein!**

Heute finde ich vor allem furchtbar, dass sie das auch noch erzählt hat – das spricht doch gegen jedes Unrechts-/Schuld-Bewusstsein – und ich „habe diese Packung auch noch gekauft"! Aber so hat es ganz lange funktioniert. Für Empathie braucht es keine Sympathie. Nur eine harte Schule... und die hatte ich!

> Und noch heute habe ich eine geradezu hysterische Angst vor Schmerzen. Zum Beispiel ertrage ich paradoxerweise Zahnschmerzen ziemlich lange, wenn es sozusagen „meine" Schmerzen

sind, nicht von außen gemacht. Aber wehe, ein Zahnarzt geht da heran und will durch einen kurzen Behandlungsschmerz die Sache richten - dann macht ER mir ja die Schmerzen, und ich ticke aus. Das wurde zwar mit den Jahren immer peinlicher, weil solches Verhalten ja bestenfalls Kindern nachgesehen wird, Erwachsenen eher nicht – aber es ist auch heute, mit 53 Jahren, für mich nicht steuerbar.

Meine Mutter hatte 8 Geschwister. Alle neun Kinder waren der felsenfesten Meinung, eines der anderen sei das Lieblingskind meiner Omi, ihrer Mutter gewesen. Es waren also alle in dem Gefühl aufgewachsen, zu kurz gekommen zu sein. Und meine Mutter war überzeugt davon, eigentlich Besseres verdient zu haben. Eine bessere Kindheit. Einen besseren Mann, bessere Kinder. Ihr nie genügen zu können, hat meinen Vater, meinen Bruder und mich schon irgendwie vereint.

Vereint hat uns auch die „EISERNE REGEL": Nie und auf keinen Fall Kritik! Wer nicht für sie ist, ist gegen sie. Wer nicht ihr Freund ist, ist ihr Feind – und wird knallhart abserviert.

Es gibt im Leben meiner Mutter keine langjährigen Freundschaften. Ich behaupte sogar, dass es keine emotionalen Bindungen gibt. Kennenlernen, teilweise sogar begeistert sein – aber wer nicht spurt, wird abgeschafft und wirklich auch abgehakt. Ohne großes Bedauern.

Und nicht spuren hieß meist, ihr die kritiklose Anerkennung zu verweigern. Und ihr abschließendes Urteil war immer gnadenlos – die waren niveaulos, primitiv, unintelligent. Tatsächlich hat es bei mir sehr lange gedauert, bis ich an IHRER Intelligenz gezweifelt habe...

Ich habe aber nie verstanden, warum sie bei Leuten, die man mag, nicht auch die Ecken und Kanten bzw. deren Fehler in Kauf nehmen kann. Mag sie niemanden genug, weil sie nur sich selbst mag oder weil sie nicht einmal sich selbst mag?

Also – **ich mag mich selbst nicht so sehr**, kann aber dafür andere sehr mögen. Und es ihnen sogar zeigen!

Jedenfalls war die Botschaft meiner Mutter „niemand ist gut genug für mich, lasst nur perfekte Menschen um mich sein" – dementsprechend war sie immer wieder ganz schnell allein. Hatte niemanden. Bis auf uns.

Abgesehen von ihrer Kindheit war nach ihrer Meinung die Grundlage allen Übels mein Vater. Er war in der Jugend wohl ein ziemlicher „Flunki", ein flatterhafter Spring-ins-Feld – eigentlich ungeeignet, die Situation, sie geschwängert zu haben, retten zu können. Er kam zu spät zu Verabredungen oder auch manchmal gar nicht. Er hatte kein Geld. Er hatte nichts und war nichts. Nicht einmal schlau war er (sonst wäre er ja meilenweit weggerannt...), ihr also nicht wirklich ebenbürtig, meinte sie. Trotzdem haben sie geheiratet. Meinetwegen, weil ich unterwegs war. **Meine Schuld.**

Als wir klein waren, mein Bruder und ich, war unser Vater immer der Meckerpott – er kam von der Arbeit nach Hause und hat gemeckert. Hing der Briefkastenschlüssel etwa nicht am Schlüsselbrett, wo er hingehörte? Mecker, mecker. Lag ein Schuh neben dem Schuhbord? Motz, motz. Meine Mutter verfiel kurz vor seiner Ankunft in leichte Hektik „schnell, schnell – alles wegräumen, ist alles in Ordnung?". Da war mein kleiner Bruder, der immer so langsam und gedehnt sprach, ein echter Hit – er sagte „wo-zu de-e-e-nn, de-er fin-det doch so-wie-so wa-as!" – und der Kleine hatte recht! Papa fand immer was, nach Hause kommen war Mecker-Zeit!

Noch schlimmer finde ich im Rückblick: Wenn alles ok war, sagte er zu meiner Mutter „Stummel", aber wenn er sauer war und seinen belehrenden Ton bekam, ließ er das Familienoberhaupt raushängen und sagte zu ihr – zu meiner Mutter! – Sätze wie „...das Eine will ich Dir mal sagen, <u>mein Kind</u>...".

Da wird mir noch heute schlecht... (und bei seiner zweiten Frau habe ich es später auch gehört, würg!) – welch schräges Selbstverständnis!

Aber das war nur die eine Seite der Medaille. Denn eigentlich hatte SIE die Dominanz, und er sah sich dann im Kontrast als „armer Junge".

Vielleicht war das ja auch der Grund des Missbrauchs? Ich glaube schon, dass er jemanden wollte, der noch schwächer war als er.

Ich weiß nicht, was dem alles vorausgegangen war, aber mit Ende Zwanzig setzte meine Mutter sich durch und arbeitete in einem Bunny-Club, an der Bar. Wirklich in so einem Bunny-Kostüm – schwarz-rot, schwarze Netzstrümpfe, Häschen-Ohren – ich habe ein Foto gesehen, echt anrüchig und irgendwie albern und peinlich (obwohl sie rasseklasse aussah).

Viele Jahre später, als ich dann Ende 20 war und einen neuen Freund mit nach Hause brachte, der ihr wohl gefiel, knallte sie genau dieses Foto auf den Tisch und verkündete triumphierend „und so sah ICH in dem Alter aus!". Mein Freund war etwas peinlich berührt und ich verstand die Botschaft – **dass ich ja quasi ein Nichts bin im Vergleich zu ihr...**

Aber zurück zu ihrer Bunny-Zeit.

Mein Vater ist wohl fast gestorben vor Eifersucht. Und nicht zu Unrecht. Ich erinnere mich, dass er uns mal morgens aus dem Bett holte, meinen Bruder und mich, ins Auto packte und durch die Gegend fuhr, um sie zu suchen – denn sie war nach der Arbeit nicht nach Hause gekommen. Warum er sie ausgerechnet bei Verwandten und Bekannten suchte? Wohl eher um allen zu zeigen, was für ein armer Junge er war, weil die böse Frau sich herumtrieb. Da saß er nun mit den Kindern! Und alle taten ihm den Gefallen, ihn tüchtig zu bemitleiden.

Als sie an dem Tag nach Hause kam, ging die Post ab. Sie hatte einen Ami kennen gelernt und meinte, der würde sie mit nach Amerika nehmen (war das endlich das „Bessere", das ihr eigentlich zustand?).

Und dann ging es los, immer im Wechsel: Unser Vater „Ihr bleibt doch aber hier bei mir, ihr lasst mich doch nicht allein?" – „Ja, wir bleiben natürlich bei dir!". Und dann unsere Mutter „Ihr kommt doch mit mir nach Amerika?!" – „Ja, wir kommen natürlich mit dir!"

Das ging eine Weile so, Tage oder Wochen, ich weiß es nicht. Aber ich weiß, dass ich mich ganz schlecht fühlte, weil ich ja nach beiden Seiten log. **Mein Vater tat mir echt leid, aber natürlich wollte ich nicht bei ihm bleiben, aber auch nicht nach Amerika – der vertraute Scheiß war mir lieber als unbekanntes Neues!**

Sie blieb dann doch bei uns allen, aber der Grundstein für eine bleibende Eifersucht meines Vaters war gelegt.

Meine Mutter war natürlich nicht glücklich damit, ihr war wohl die große Chance ihres Lebens entgangen – unseretwegen.

Pah, ich glaube ja eher, der Typ wollte sie nie mitnehmen, sondern nur mal mit ihr schlafen und das war's. Aber die Rolle der sich Aufopfernden/Entsagenden kam wohl besser. Übrigens streitet sie den Vorfall heute vehement ab – den Ami und das ganze Drama drum herum hat es so nie gegeben! Na ja, ich denke mir eben angeblich manchmal so irrwitzige Geschichten aus... siehe Missbrauch.

Die Rolle der vom Leben Betrogenen „gefiel" ihr jedenfalls, und sie blieb dabei. Was hätte sie nicht alles aus ihrem Leben machen können OHNE UNS. Aber unseretwegen saß sie fest. Todunglücklich und unzufrieden.

Als wir irgendwann danach im Urlaub eine Mosel-Tour mit dem Wohnwagen machten, war ihre Mutter, meine Omi mit. Und als wir da mal zusammen saßen, hielt sie - im Beisein ihrer Kinder! – einen entsprechenden Vortrag: „Wenn man Kinder hat, ist das Leben voller Entbehrungen, man muss immer Rücksichten nehmen und kann nie tun, was man will. Bin ich froh, wenn die Kinder in ein paar Jahren endlich aus dem Haus sind – dann fängt mein Leben an! Dann hole ich alles nach, was ich versäumt habe. Hoffentlich dauert es nicht mehr so lange, ich freue mich schon darauf!" – **und sie tat mir leid. Ich hatte ein schlechtes Gewissen, weil ich ihr das Leben so versaute!**

Nur durch uns Kinder war sie an diesen Mann und dieses Leben – beides schlecht! – gekettet.

Typisch für meine Mutter war auch das „Maulen" – sie konnte sich stunden- und tagelang ins Bett zurückziehen. Sie nannte das allerdings nicht maulen, sondern sie hatte Depressionen. Weil mein Vater nicht mit ihr schlafen wollte oder sonst irgendwas schiefgegangen war. So ist auch einmal Weihnachten ausgefallen, wir mussten sehen, wie wir klarkamen mit dem Weihnachts-Essen und der Stimmung.

Und einmal, als ich ungefähr 15 Jahre war, hat sie ca. drei Monate nicht mit mir gesprochen. Ich glaube, es war wegen Schulschwänzens. Das ging dann so, in meiner Anwesenheit: „Sag' mal deiner Schwester..." – „sag' mal deiner Tochter...". Ich fühlte mich so abgehakt wie die ehemaligen Freunde/Bekannten von ihr. Und da wollte ich eigentlich zu meinem Onkel Armin ziehen, weil ich es wirklich nicht ertragen konnte - aber der wollte sich lieber heraus halten.

Und dennoch, sie tat mir immer leid. Sie war so unglücklich und unzufrieden. Und in dieser Situation so „festgenagelt". So vermittelte sie es uns Kindern. Und je älter ich wurde, desto mehr weihte sie mich in ihr Drama ein.

„Dein Vater schläft nicht mit mir, ich verhungere an seiner Seite!" – „Ich will so nicht mehr leben, ich bringe mich um! Aber vorher muss ich noch den Keller aufräumen, alles ordentlich hinterlassen."

Meinen Bruder und mich hat das ziemlich lange in Angst und Schrecken versetzt. Aber irgendwann nahmen wir es dann nicht mehr so ernst. Sie fing ja auch nie an, den Keller aufzuräumen, sondern beschimpfte unseren Vater, weil er es nicht tat...

Als ich Jahre später selbst immer öfter Selbstmordgedanken hatte, habe ich natürlich nicht darüber gesprochen. **Wer es androht, tut es ja doch nicht. Da wird man nicht ernstgenommen! Bloß nicht so peinlich sein wie sie. Es einfach irgendwann unangekündigt tun. Und falls man es nicht tut, hat man sich wenigstens auch nicht mit falschen Ankündigungen lächerlich gemacht.**

> Als Kind beschränkten sich meine düsteren Phasen auf Todessehnsucht, ohne Pläne für Selbstmord. Aber ich lag oft im Bett und versuchte, ganz flach zu atmen, immer flacher, immer weniger – ich hoffte irgendwie, dass das Atmen dann vielleicht von selbst aufhören würde und ich tot wäre...

Meine Mutter pflegt also ihre Depressionen.

Trotzdem reichte ihre Energie zwischendurch immer noch dazu, mich fertig zu machen!

Ich war beim Fotografen gewesen, um Fotos machen zu lassen. „Was für Fotos denn? Portrait oder Brustbild? Ach nee, Brustbild geht ja gar nicht, du hast ja keine Brust, hahaha!".

Oder immer wieder, so ab 13, „In deinem Alter hatte ich schon BH-Größe 8!" – manchmal mit dem liebenswürdigen Zusatz „...du wirst ja nie eine richtige Frau!" oder einfach nur immer wieder „...da bin ich ja ganz anders als du!" - wobei anders natürlich gleichbedeutend mit BESSER war.

Tja, ich hatte wirklich sehr wenig Busen, und sie sehr viel. Was hatte ich dem entgegen zu setzen? Alle meine Tanten und Cousinen hatten sehr große Busen (bis auf eine einzige Cousine, die von ihrer Mutter, also der Schwester meiner Mutter, ähnlich „Ermunterndes" zu hören bekam – lag also ein bisschen in der Familie, das Feingefühl... oder das Bedürfnis, sich selbst etwas größer zu machen, indem man andere klein macht) – ich war also ein Paradiesvogel im umgekehrten Sinne, ein Kuckucksei, auf jeden Fall minderwertig. Wie gut, dass es wenigstens diese eine Cousine gab, die in diesem „Busen-Festival" mit mir abseits stand! Aber es war trotzdem nicht schön.

> Jahre später fiel mir ein, was ich hätte entgegnen können – nämlich dass mein bisschen Busen nie im Leben so wird hängen können wie deren „Melonen". Aber als Jugendliche fiel es mir nicht ein, ich fühlte mich einfach „aus der Art geschlagen" (und dachte manchmal sogar, dass mein Busen wegen des Missbrauchs, aus Selbstschutz, vom Unterbewusstsein gesteuert?, noch nicht gewachsen war, damit ich kindlich bleibe und nicht auch noch ein Penetrations-Versuch kommt. Und ich hoffte wirklich, wenn ich das

gedanklich überwinde, weil die Missbrauchs-Situation ja vorbei war, würde mein Busen vielleicht doch noch wachsen... aber das passierte natürlich nicht. Schließlich hatte ich es ja auch nicht überwunden!).

Die schlimmste Äußerung in dieser Richtung kam dann, als ich 19 war und mit meiner 1. großen Liebe (dem künftigen Vater meines Kindes) zusammen war – und die Frage kam ganz ohne Boshaftigkeit, aus wirklich ernst gemeinter und verwunderter Überlegung heraus:

„Sag mal, kann es sein, dass dein Walter ein verkappter Schwuler ist, weil er auf so was wie Dich steht?". Das war unglaublich verletzend, weil sie es ja nicht verletzend meinte – das war eben ihre Meinung, ihr Urteil über mich – ein minderwertiges, unweibliches Ding.

Und immer noch tat SIE mir leid. Wie „bedürftig" muss man sein, um seine eigene Tochter so übel für die eigene Selbstdarstellung zu benutzen?!

(Und wie gering muss man sich selbst schätzen, um nicht rasend wütend darüber zu werden? Stattdessen: Verständnis aufbringen. Das war es, was ich „gelernt" habe...)

Was habe ich eigentlich gemacht all die Jahre? Ich habe nicht mal häufig geweint, das habe ich mir früh abgewöhnt. Ganz oft habe ich mich tagsüber in mein Bett zurückgezogen und gelesen, Lakritzen genascht und die

Welt ausgesperrt (teilweise dafür auch die Schule geschwänzt). Das ging tagsüber am besten, weil mein Vater zur Arbeit war und das Bett nur dann ein sicherer Ort für mich sein konnte.

Noch heute ist dies meine Flucht-vor-Frust-Methode: lesen + naschen + die Welt aussperren.

Das Essen war für mich als Kind sehr wichtig, ich war immer „hungrig". Meine Mutter kochte wirklich gut, und da sie absolut kein zärtlicher Mensch war, fühlte ich mich zumindest durch ihr selbst gekochtes leckeres Essen „verwöhnt, gut behandelt, umsorgt". (Immerhin hatte sie ja auch den ganzen Tag gearbeitet, bevor sie sich an den Herd stellte! Das wussten wir sehr zu schätzen, dafür hat sie natürlich auch gesorgt. Zumindest ich - mein Bruder nicht so ausgeprägt - habe bei jeder Bewertung ihren Standpunkt gegenwärtig gehabt. Eigene Standpunkte? Schwierig, wenn man sich die eigenen Gefühle schon nicht wahrzunehmen gestattet...) Ich dachte jedenfalls, damit zeigt sie uns ihre Fürsorge und Liebe.

Wenn ich heute Menschen mag, koche ich immer gern für sie. Wen ich mag, den will ich gut füttern! Mit dem Unterschied, dass meine Palette der Gunstbezeugungen entschieden reichhaltiger ist. Es ist zum Glück nicht das Einzige, was ich anderen entgegen bringen kann!

Ich bin also anders als meine Mutter und kann dennoch einige Ähnlichkeiten nicht verleugnen. Nach Abschluss der Pubertät habe ich das mal sehr brutal formuliert meinen Eltern um die Ohren gehauen: „Die schlechten Sachen habe ich von Euch geerbt und die guten habe ich mir selbst erarbeitet!".

Heute finde ich das immer noch sehr zutreffend, aber eigentlich nicht mehr brutal. Allenfalls in der Wirkung, wobei ich auch das sicher überschätzt habe – ich konnte meine Eltern nicht annähernd so verletzen wie sie mich, weil ich für sie nie so wichtig war wie sie für mich.

Was einerseits natürlich in der Natur der Sache liegt, Kinder sind nun mal abhängiger von ihren Eltern als umgekehrt. Andererseits lag es aber auch schlicht an der emotionalen Armut meiner Eltern.

> Solange ich bei meinen Eltern wohnte, gab es noch immer nur **schwarz** und weiß, die *bunten* manischen/euphorischen Phasen kamen erst später, nach der Pubertät. Es gab also ganz lange nur die Depression und die Verdrängung. Und auch kein wirkliches Empfinden für eigene Wichtigkeit. Meine erste Psychotherapeutin meinte, ich hätte mich in einer extrem ungesunden Symbiose zu/mit meiner Mutter befunden. Und ungesund war meine Kindheit auf jeden Fall. Normalerweise hätte schon eines der beiden Elternteile gereicht, um mich neurotisch zu machen. Gemeinsam waren meine Eltern definitiv traumatisierend!

Trotzdem, oder auch gerade deshalb(?), erinnere ich mich lediglich ganz gut an meine Gedanken, die ich als Kind und Jugendliche hatte, aber nur schwach an meine Gefühle im Alltag. Lediglich besondere, für mich dramatische Umstände/Ereignisse sind auch emotional abrufbar.

Zum Beispiel:

Einige Zeit nach der Einschulung bemerkte ich, dass ich nicht gut sehen konnte. Beim Fernsehen zum Beispiel, damals eine noch neue und spannende Sache – wir durften nur manchmal fernsehen, Kindersendungen. Es gab unter anderem Daktari, eine Serie über einen Dschungel-Arzt, mit dem Affen Cheetah und dem schielenden Löwen Clarence. Die Aufnahmen im Dschungel waren für mich kaum erkennbar, ein unscharfer Brei. Oftmals hörte ich Cheetah, aber ich sah sie nicht. Alles verschwommen. Ich habe es meiner Mutter gesagt, aber sie hat es nicht ernstgenommen. Die Einschulungs-Untersuchung hatte nichts Auffälliges ergeben, also alles ok, ich habe „gesponnen".

Und in der Schule konnte ich nicht lesen, was an der Tafel stand. Ich habe es immer wieder gesagt, aber ich spann ja, hatte wohl nur keine Lust zur Mitarbeit? Meine Lehrerin setzte mich weiter nach vorn – wollte ich raffiniertes Ding das erreichen?! – aber es nützte nichts. Also sprach sie meine Mutter darauf an, sie solle mit mir zum

Augenarzt gehen. Nach längerer Zeit tat meine Mutter das dann endlich, und ich bekam eine Brille.

Gefühls-Wirrwarr: Ich hatte recht gehabt! Das war ein Triumph. **Aber nun sah ich hässlich aus, und die anderen Kinder haben mich Brillenschlange genannt. Rote Haare, Sommersprossen, und die klobigste Hornbrille der Stadt – meine Mutter hatte sie ausgesucht. Ich war todunglücklich.** Aber ich hatte recht gehabt! **Warum hatte sie mir die ganze Zeit nicht geglaubt, ich hatte es doch immer wieder gesagt.**

Ich bekam dann sehr oft neue Gläser, jedes Jahr 0,5 bis 1 Dioptrie stärker, die Augen wurden also schlechter. **Da habe ich manchmal gerechnet, wie lange es bei diesem Tempo dauern könnte, bis ich blind würde... davor hatte ich Angst!** Bis mein Onkel Armin sagte „Das war bei mir auch so, Du musst Dir keine neue Brille mehr holen, dann gewöhnen sich die Augen an die letzte Gläserstärke, stellen sich darauf ein und werden nicht mehr schlechter!". Ich hielt mich daran und meine Augen arrangierten sich wirklich mit diesem Defizit.

Meine andere Angst war und blieb, dass - bei einem Sturz oder so - die Brille kaputt ginge und ich die Scherben in die Augen bekäme (damals waren Brillengläser wirklich noch aus Glas, kein Kunststoff). Diese Angst wurde von meiner Mutter dann wieder belächelt **„Du**

dramatisierst immer alles!" – den Stempel hatte ich **nun.** Heute sage ich mir, in dieser Familie gab es ja keine andere Chance, um überhaupt wahrgenommen und gehört zu werden.

Wie stark ich diese Angst verinnerlicht hatte, zeigte sich bei einem Unfall: mit 15 Jahren saß ich in einem VW-Käfer eines Freundes auf der Rückbank, als er in einer Kurve die Böschung hochfuhr, der Wagen sich überschlagend wieder herunterkam und auf dem Dach liegenblieb – es war dunkel, es ging alles ganz schnell, es war ein einziges Durcheinander. Aber als der Wagen dann ruhig auf dem Dach lag und mir die Rückbank auf den Kopf fiel bemerkte ich, dass ich meine Brille in der Hand hielt. Reflexhaft hatte ich sie inmitten des Chaos abgenommen und festgehalten!

Meinen Augen war also nichts passiert, aber ich hatte wohl einen starken Schock. Meine Eltern haben hauptsächlich über den Fahrer gemeckert, den ich darauf natürlich in Schutz nahm. Als ich dann aber als Beifahrer im Auto meines Vaters ängstlich war – **sobald ich die Geräusche des Beschleunigens hörte, konnte ich ganz schlecht atmen und fing an zu keuchen und zu weinen** – meckerte meine Mutter auch mich an. Sie fand es unerhört, dass ich meinem Vater nicht vertraute (hahaha!). Sie verlangte, dass ich mich zusammenriss, denn den Unfall hatte ich ja schließlich mit Bernd gehabt, und nicht mit meinem Vater! Aber **ich konnte mich nicht beherrschen, die Angst war zu groß.** Es gab also auf jeder Fahrt zum Campingplatz, jedes Wochenende einmal auf der Hin- und einmal auf der Rückfahrt – eine Stunde von Hamburg nach Bad Segeberg, Landstraße mit schneller Fahrt – Theater/Ärger/Stress. **Dabei hatte ich doch wirklich Todesängste!**

Vier Monate später fuhr ich noch einmal mit Bernd, dem Unfallfahrer. Ich saß wieder hinten rechts (das war der Platz, auf dem mir beim ersten Unfall nichts passiert war). Der kleine Bruder meines Freundes wollte vorn auf dem Beifahrersitz sitzen und ich machte ziemlichen Druck, damit er sich anschnallte. Ich hatte zwar etwas weniger Angst als im Auto meines Vaters, aber unterwegs hatten wir wieder einen Unfall! Beim Überholen mehrerer Autos scherte der 1. links aus zum Abbiegen und wir knallten rein und landeten im Graben. Wieder nichts passiert – zum Glück hatte ich bei dem kleinen Harald aufs Anschnallen bestanden!

Bei meinen Eltern dann endloser Stress – „Wieder Bernd, da steigst du nicht mehr ins Auto ein. Und bei Deinem Vater Angst haben und Theater machen!". Natürlich war meine Angst nun noch größer und meine Selbstbeherrschung noch kleiner, also fuhr ich nicht mehr mit zum Campingplatz.

> Ich blieb sehr, sehr ängstlich. Als ich 17 war, wollte mal ein ganz toller Typ mit mir in seinem gelben Porsche an die Ostsee fahren – ich fuhr nicht mit, hatte Angst. Sobald ich 18 war, ent-

schied ich dann, selbst den Führerschein zu machen, um die Angst eventuell zu verlieren. Für lange Zeit klappte es zumindest insofern, dass ich gern selbst fuhr, aber als Beifahrer hatte ich trotzdem Angst. Aber zweimal, als ich mich relativ sicher mit jemandem fühlte, hatten wir wieder Unfälle – da habe ich dann verinnerlicht **„Ich muss Angst haben, sonst passiert wieder was"**... und es war auch ganz oft so: Unfälle oder Krankheiten in Zeiten, als ich mich eigentlich gut fühlte. **Glück stand nicht in meinem Karma?**

Ein sehr prägnantes Erlebnis war auch ein Missbrauch in der Nachbar-Familie. Das Mädchen war 1 oder 2 Jahre jünger als ich, eines Tages rannte sie nackt und schreiend ins Treppenhaus, weil ihr Vater angetrunken ins Badezimmer kam, als sie in der Wanne saß und dann? Was genau vorgefallen ist, weiß ich nicht – aber es kam zur Anzeige und Verurteilung, er war im Gefängnis. Mein Vater regte sich unglaublich darüber auf, was für eine Sauerei der Nachbar sich geleistet hätte!

Heuchler, Schwein, Arschloch!

Ich war so entsetzt über meinen Vater, weil er so verlogen war. Er war doch kein bisschen besser als der Nachbar! Und er hatte ja nicht mal Alkohol als Entschuldigung, meine Eltern tranken beide nie. Welches Recht hatte er, sich so über den Nachbarn zu ereifern?!

Ich war sauer, angeekelt über die Heuchelei, neidisch auf die Konsequenzen, ängstlich – es war das ultimative Gefühls-Chaos! Meine Mutter reagierte sehr befremdlich: Sie stellte sehr schnell in Frage, dass da wirklich was Schlimmes geschehen sei und unterstellte, das Mädchen hätte hysterisch reagiert. Ich fand es toll, dass die Mutter zu ihrer Tochter hielt, meine Mutter fand es fragwürdig. Das ließ mich ein bisschen an meinem Gefühl, sie würde mir helfen wenn sie es wüsste, zweifeln. Aber die endgültige Erkenntnis, dass ich sie aus verzweifelter Hoffnung völlig falsch einschätzte und überschätzte, habe ich noch verweigert. Wie gut, dass dieser Schock erst mit 30 Jahren kam – denn als Kind oder Jugendliche hätte ich es überhaupt nicht verkraftet, selbst später war es sehr hart!

Es hat nach diesem Vorfall jedenfalls nicht mehr sehr lange gedauert, vielleicht ½ Jahr oder 1 Jahr, bis ich den Satz in mein Tagebuch schrieb „Letzte Nacht war Papa wieder da – soll ich zur Polizei gehen?". Vielleicht hat der Vorfall bei den Nachbarn mich doch ermutigt. Im Nachhinein finde ich es fast rührend, wie ich es umgesetzt habe: Ich verkündete mehrfach, dass ich nun Tagebuch schriebe und niemand es lesen dürfe! Auf keinen Fall! Wahrscheinlich war mir unbewusst egal, wer von beiden seiner Neugier nachgeben würde – **Hauptsache, es passierte etwas.**

Mein Vater muss auch noch unter dem Eindruck der Nachbar-Geschichte gestanden haben und hatte wohl richtig Angst vor den Konsequenzen, sonst hätte er nicht sofort den Missbrauch beendet.

Ich hatte also eigentlich eine gewisse Macht?! Wie gut, dass ich mir dessen nicht bewusst war... zwar hätte es evtl. den Missbrauch eher beendet, aber für meine charakterliche Entwicklung wäre das bestimmt nicht gut gewesen. Ich finde nämlich, wenn Kinder Macht über Erwachsene haben, entwickeln sie sich zu garstigen kleinen Monstern.

Vielleicht hat aber mein Vater unbewusst Angst gehabt, ich hätte eine Art Macht über ihn? Ich erinnere mich, dass eigentlich immer nur meine Mutter diejenige war, die mich verhauen hat. Er nie, er hat immer nur gemeckert.

Besonders zwei Situationen erinnere ich:

Einmal, als kleines Mädchen, kam ich ganz stolz nach Hause, hielt triumphierend ein kleines Kaugummi-Päckchen hoch und sagte, völlig naiv: „Kuck mal, was ich geklaut habe!". Daraufhin hat mich meine Mutter ohne irgendeine Erklärung, aber unter einer Flut von Beschimpfungen, ganz fürchterlich verhauen. Ich war verblüfft und entsetzt, ich fand es ungerecht und unangemessen. Es war mir ein Rätsel, warum sie so ausrastete. Da war ich mal diejenige, die kein Unrechtsbewusstsein hatte, aber es wurde mir auch nicht erklärt, sondern eingeprügelt!

In der Pubertät, als ich dann ab und zu die Schule schwänzte, um in meinem Bett zu lesen und einfach in Ruhe allein zu sein, gab es dann noch so einen Vorfall. Der Anlass war tatsächlich schlimmer, denn ich hatte zusätzlich zum Schwänzen auch noch eine Entschuldigung mit der Unterschrift meiner Mutter gefälscht – das war natürlich eine heftige Nummer. Meine Mutter hat mich daraufhin mit einem Kochlöffel verhauen, bis dieser zerbrach. Ich lag schon im Kinderzimmer auf dem Fußboden und heulte, nun fing auch sie vor Wut an zu heulen.

Da kam mein Vater ins Zimmer und regte sich schrecklich darüber auf, dass ich sie zum Weinen gebracht hatte. Er schrie und motzte, schaukelte sich immer weiter hoch und griff dann in seiner Wut nach dem Sessel – ein sogenannter Cocktail-Sessel, schalenförmig, mit Chromfüßen – hob ihn hoch, um ihn mir auf den Schädel zu donnern. Ich rollte mich hysterisch schreiend so weit wie möglich unter mein Bett.

Ich schrie wirklich, als sollte ich abgestochen werden, aber so groß war der Unterschied zwischen Abstechen oder Schädel einschlagen ja auch nicht, **ich dachte, er würde mich töten**... jedenfalls hielt er dann inne und warf den Sessel neben mich auf den Boden und stürmte pöbelnd aus dem Zimmer.

Das war schon schockierend, denn eigentlich war ja nur sie immer diejenige, die uns schlug. Aber merkwürdigerweise kam ich wirklich nicht auf die Idee, ihn in die Grenzen zu weisen oder ihm zu drohen – ich hatte nicht im Ansatz Machtgefühle, **sondern fühlte mich, im Gegenteil, ohnmächtig.**

Und trotzdem würde ich nicht sagen, dass meine Kindheit durch körperliche Gewalt geprägt war. Eher durch seelische.

Mein Bruder war auch nicht viel besser dran, lediglich von Missbrauch blieb er verschont. Das andere „Programm" ging auch auf ihn hernieder. Da gibt es auch ein prägnantes Beispiel:

Unsere Mutter hat nach seiner Einschulung wieder ganztags gearbeitet, hatte entsprechend nicht so viel Zeit für die Hausarbeit. Einmal war sie mit der Wäsche nicht so ganz auf dem Laufenden und er wusste nicht, was er anziehen sollte. Deshalb schaute er in ihr Schrankfach und nahm sich eine schlichte grüne Bluse heraus. Als er sie anprobierte stellte er fest, dass die Ärmel zu kurz waren und dachte in seiner jugendlichen Einfalt, das wäre bei ihr dann ja auch so. Er bedachte nicht, dass er vielleicht längere Arme haben könnte als sie, die Bluse ihr also durchaus passen würde.

Jedenfalls, er nahm eine Schere und machte eine kurzärmelige Bluse daraus und zog einen Pullunder drüber. Als wir abends beim Essen saßen, schaute unsere Mutter ein paar Mal irritiert auf „sein Hemd", bis sie realisierte, dass es ihre Bluse war! Und dann ging es fürchterlich los – Geschrei ohne Ende! Ihre gute, teure Seidenbluse! Wie er dazu käme, was er sich dabei gedacht hätte, ob er noch richtig ticke. Schreien und Heulen. Kurze Pause. Wieder von vorn.

Es muss sie wirklich getroffen haben, vielleicht war die Bluse tatsächlich teuer und eine Lieblingsbluse? Sie tat mir schon leid, aber was sie daraus machte...!

Sie hat es in seinem Beisein - am Telefon oder live – unzähligen Leuten erzählt. Immer mit dem Zusatz, dass er ja nicht bei Verstand sei, unsäglich blöd und verrückt, weil er die Ärmel abgeschnitten hatte, aus diesem falschen Gedanken heraus, sie müssten ihr auch zu kurz sein. Sie rückte das in die Nähe einer Geisteskrankheit, in seinem Beisein! Und da tat sie mir dann gar nicht mehr leid, sondern nur noch mein Bruder. Er hatte es doch nicht böse gemeint, eine Erklärung wäre ja mal nett gewesen. Aber sie hat ihn vor allen Leuten unmöglich gemacht, als dumm, blöd, verrückt hingestellt!

Oh, sie konnte uns alle unendlich verachten. Und das musste dann auch ausgesprochen werden, so abwertend wie möglich. Ich glaube, das tat ihr gut. War wohl erleichternd? **Ich fand es manchmal taktlos, manchmal böse, manchmal bemitleidenswert (es zeigt ja ihre eigene Bedürftigkeit, sich – auf dem Rücken anderer stehend – selbst größer zu machen).**

Das war übrigens auch ihre Art, mit unserem Vater umzugehen. Deshalb haben wir ihm die Nummer „armer Junge" auch oft abgenommen. Er war eben mit ihr arm dran, so wenig intelligent und schwach wie er war (aus meiner Sicht auch krank, wegen des Missbrauchs – da muss man doch krank sein, oder?!).

Das ganze Klima in der Familie war so – sie war angeblich die Schlaue. Die einzige Schlaue in der Familie! Wenn unser Vater zum 3. oder 4. Mal das Badezimmer renovieren sollte, weil ihr nicht mehr nach rosa sondern nun nach beige zumute war, hat sie diktiert, was zu tun war und auch wie. Er war Handwerker, aber sie wusste alles besser. Nicht etwa „meinst du nicht, man könnte es auch so oder so machen?" – nein, „das musst du so machen, so wie du es anfängst wird das nie was!".

Sie machte also keine Vorschläge, gab keine Anregungen. Sie bestimmte. Und warum? Weil sie meinte, alles besser zu wissen!

Nun war unser Vater wirklich nicht intelligent oder gebildet, aber sie war längst nicht so viel besser, wie sie von sich glaubte. Wir Kinder haben dennoch relativ lange gebraucht, sie in Frage zu stellen (ich länger als mein Bruder, er hatte mehr Distanz als ich).

> Ich weiß gar nicht, wie ich die „beiden Wahrheiten" unter einen Hut gebracht habe. Einerseits war sie oft offenkundig eine Böse, **andererseits war ich in ihrer Schuld und sie tat mir leid**.

Ich habe beides deutlich wahrgenommen, aber eben niemals gleichzeitig, sondern jedes immer situationsbedingt. Wenn ich jetzt denke, es müsste mich doch eigentlich quasi ZERRISSEN haben, dann ist ja die Aufsplittung in schwarz-weiß-bunt Ausdruck einer massiven Zerrissenheit!!! Und dennoch ist es eine „Überlebens-Strategie" der Psyche, glaube ich.

Ich merke beim Erzählen, dass ich mich immer wieder von meinen Gefühlen entferne – ich sehe dann, wie er sich gefühlt haben muss und wie es ihr wohl ging, was meinem kleinen Bruder angetan wurde – dabei verschwinde ich fast, bin nur noch Beobachter. Da gibt die Weiße **der unglücklichen Schwarzen in mir keinen Raum**. Insofern ist die Geburt der Bunten eine logische Konsequenz – denn die Bunten haben es sogar geschafft, die Weiße zeitweise zurückzudrängen und zum Schweigen zu bringen!

In den manischen, euphorischen Phasen war ich eine neue Person und konnte mich ausprobieren. Und das, ich gestehe es, ohne die gewohnte übertriebene Rücksicht auf andere, ungehindert von allzu viel Verständnis.

ICH, ICH, ICH.

III Die manischen Phasen

Mit der Krankheit begann das Wohlfühlen – manchmal.

Bipolar ist für mich tricolor.

Die Schwarze ist ein zutiefst unglückliches Kind – verletzt und zurückgezogen, fühlt sich hässlich und ist überfordert in dieser schlechten, unaufrichtigen Welt.

Die Weiße relativiert das Ganze – sie ist lediglich „unhübsch", dafür aber sehr reflektiert und immer bemüht um charakterliche Integrität. Die anderen (zuerst nur die Schwarze, nachher insbesondere die Bunten!) findet sie einfach peinlich.

Die Bunten verstehen die ganze Aufregung nicht. Es läuft doch alles super, wo ist das Problem? Die Bunten sind verschiedene Abschnitts-Euphoriker mit wechselnden Schwerpunkten: die Intellektuelle, die Witzig-Spritzige, die Karriere-Frau, die Sexuelle – ganz nach Bedarf und Lebenssituation, Jack in the box! Immer volle Pulle, mindestens 150 %.

Kein Wunder, dass ich eher den Verdacht auf multiple Persönlichkeit hatte. Aber es ist ja nachzulesen – bei multiplen Persönlichkeiten wissen die einzelnen Personen nichts voneinander, und ich kenne jede meiner Peinlichkeiten!

Und dennoch, am dichtesten bei mir, an meinem „Kern", fühle ich mich während der depressiven Phasen, als Schwarze. Das macht es nicht angenehmer, aber so ist es eben.

Die Gemeinsamkeit der Schwarzen und der Weißen ist (neben den Schuldgefühlen und der Angst) sicherlich die Tendenz, sozusagen „nach innen zu leben". Die wichtigen inneren Vorgänge nur gefiltert nach außen dringen zu lassen.

> Ich kann gar nicht ausdrücken, wie anstrengend das ist... und das Anstrengendste ist, dies jetzt mit diesem Buch zu ändern! Aber in Hamburg sagt man: Wat mutt, dat mutt (was muss, das muss).

Wie auch immer, bei aller Peinlichkeit – den Bunten verdanke ich die besten Phasen meines Lebens. Wenn auch die Schwarze und die Weiße sozusagen lediglich ein „Vorgeplänkel" waren und mit den Bunten die wirkliche Krankheit begann, so begann eben tatsächlich mit der Krankheit auch das Wohlfühlen! Zumindest streckenweise, phasenweise, manchmal.

Wie sind die Bunten?

„Aufgeschlossen, kontaktfreudig, energiegeladen, unternehmungslustig, mitteilungsfreudig, selbstbewusst, mitreißend und teilweise sogar hinreißend...

(Die Weiße: „Angeberin!")

...immer offen für Neues

(Die Weiße: „unbeständig!")

... eben LEBENDIG.

(Die Weiße: „Ach, sind wir anderen also vielleicht tot?"

Die Schwarze: „Nein, leider nicht!")

Ruhe – ICH bin dran! ICH, ICH, ICH...

Und ich will Erfolg haben und Spaß haben. Ich will mir und anderen etwas beweisen, nämlich dass ich gut bin. Gut im Job und gut im Leben. (Die Weiße: „im Job stimmt, aber im Leben? Du hast doch nur gegen die Probleme „gegenan gelebt"! Alles mit deinen Aktivitäten zu überdecken versucht.")

Na und – dann erkläre ich eben den Job zum Lebensinhalt! Da kann ich was und bin ich wer, das gefällt mir sehr gut. Außerdem strahlt das sehr positiv auf das Privatleben ab. Wer hat denn dafür gesorgt, dass die Umwelt unsere Intelligenz wahrnimmt? Und wer hat hier diesen köstlichen schwarzen Humor? Last but not least – wer hat sich an Männer und sexuelle Erfahrungen herangetraut, ohne als verklemmt enttarnt zu werden? Das war doch wohl alles ICH!

Aber bitte sehr, erzähle es doch von deiner Warte, du blasse Weiße..."

Nachdem ich einige Male die Schule geschwänzt hatte und einmal sogar eine Entschuldigung fälschte, entschied meine Mutter, ich solle von der Schule abgehen und eine Lehre machen. Die Lehrer protestierten alle und rieten dringend dazu, mich das eine Jahr bis zur Mittleren Reife noch dort zu belassen, aber das nützte nichts – ich musste nach der 9. Klasse ohne jeglichen

Abschluss von der Schule gehen. Meine Mutter meldete mich beim OTTO Versand zum Eignungstest an, und dann ging alles ganz schnell. Ich hatte den Test wohl sehr gut bestanden, bekam sofort einen Vorvertrag und kurz danach einen Ausbildungsvertrag zur Bürogehilfin, zwei Jahre Lehrzeit. Ich hatte mir das nicht ausgesucht, wusste gar nicht so richtig, was für eine Ausbildung das wird. Meine Mutter hatte es so bestimmt.

Nach ziemlich kurzer Zeit wurde ich in die Ausbildungs-Abteilung bestellt, da die Ausbilder meinten, ich sei unterfordert und solle besser Bürokauffrau werden (eigentlich hielten sie Groß- und Außenhandelskauffrau für noch besser, aber dafür hätte ich mindestens die Mittlere Reife, also einen guten Realschulabschluss benötigt. Hatte ich ja nicht, also die goldene Mitte, Bürokauffrau, drei Jahre Lehrzeit, bessere Perspektiven...). Mein Ausbildungsvertrag wurde geändert, zum Glück hat meine Mutter sich nicht quer gestellt. Ich bin meinen Ausbildern heute noch dankbar, denn als Bürogehilfin hätte es nicht so viele berufliche Entwicklungsmöglichkeiten gegeben. Und ich war da ja nur so reingerutscht bzw. von meiner Mutter geschoben worden. Mit 15 Jahren hatte ich doch keinen blassen Schimmer vom Berufsleben und sah noch keinen Weg für mich (hatte noch nicht einmal Wünsche entwickelt oder meine Fähigkeiten/Möglichkeiten einschätzen können).

Während der Ausbildung tat sich eine neue Welt für mich auf! Ich war Bestandteil einer festen Gruppe mit gutem Zusammengehörigkeits-Gefühl (nicht nur eine willkürliche Cliquen-Wirtschaft wie in der Schule). Urplötzlich ging es in Richtung Erwachsen-werden! Und wir hatten Erfolgserlebnisse – in der Berufsschule, in der Arbeitsgruppe und in den vielen Ausbildungs-Abteilungen, die wir durchliefen. Was waren wir Azubis plötzlich schlau und gut... ich glaube, da tauchten zum ersten Mal zeitweise die Bunten auf und übernahmen das Ruder.

„Und das war auch gut so, du hättest das doch gar nicht geschafft! Immer neue Menschen, neue Situationen, so viele Anforderungen. Oft, wenn es schwierig für dich wurde, war ICH da. Auch wenn du das zu der Zeit noch nicht wahrhaben wolltest und tatsächlich meintest, das wäre alles Deine Leistung. Na ja, du warst noch sehr jung und hattest ja auch immer wieder genug damit zu tun, die Schwarze zum Schweigen zu bringen... die hätte uns ja alles versauen können! Allein das panische Getue wegen der Jungs und Männer – ist doch klar, dass in so einer großen Firma einiges abgeht! Und dann waren wir eben für etliche alte Knacker (von 30 aufwärts) „die Kleine mit dem Arsch". Ist doch nicht so schlimm, immerhin sind wir ihnen aufgefallen!"

Doch, das war schlimm. Ist ja nun wirklich nicht schön, wenn man nicht als Person wahrgenommen wird, sondern auf körperliche Merkmale reduziert wird!

„Nicht schön? Das war ekelhaft! Und ausgerechnet Kerle, die mindestens doppelt so alt waren wie wir! Ich fand das scheußlich und beängstigend."

„Egal, wenn man schon keinen Busen hat, muss man froh sein über einen runden Popo und jeden, der darauf steht!"

Na ja, gucken und reden war ja noch erlaubt – es wurde aber niemand „rangelassen".

Lieber auf „Nummer Sicher": Ich ging mit einem Nachbarjungen, den ich schon seit meinem 5. Lebensjahr kannte. Der war immer da und sagte immer, dass er mich liebe!

Als klar war, dass ich die Abschlussprüfung locker bestehen würde und die Firma mich danach in eine Festanstellung übernähme, nahm ich mir vor, dann gleich auf eine eigene Wohnung zu sparen. Ich plante, 1 Jahr später zu Hause auszuziehen. Aber es kam anders: Kaum hatte ich ausgelernt, da kam meine Mutter von der Arbeit und sagte, sie hätte eine Wohnung für mich. Zur Untermiete, von dem Sohn einer ihrer Arbeitskolleginnen.

Es war so ein 1-Zimmer-Wohnklo – ca. 8 m² möbliertes Zimmer, Kochnische mit Vorhang und ein winziges Bad mit Klo und Waschbecken, keine Dusche, fließend kaltes Wasser – für 56 DM Monatsmiete. Zack, war ich draußen!

„Das war so schrecklich! Ein winziges Zimmer, gar nicht hübsch oder gemütlich möbliert, keine Heizung (nur ein elektrischer Heizstrahler), kein Warmwasser – jeden Morgen einen Kochtopf mit

Wasser aufsetzen, um sich waschen zu können, duschen ab und zu bei hilfsbereiten Leuten im Bekanntenkreis oder eben in der Badeanstalt – und so furchtbar allein! Das Heimkommen nach der Arbeit war schlimm.

Und dann schleppten die Eltern noch diesen dicken Kater aus dem Tierheim an, gegen das Alleinsein. Das Zimmer war viel zu klein für Mensch plus Haustier. Außerdem wollte der mich töten! Nachts, wenn ich schlief (mit Licht und bei eingeschaltetem Radio), legte der sich auf mein Gesicht – ich wurde wach, weil ich keine Luft bekam! Werde ich denn niemals in Ruhe schlafen können?! Das Leben fühlte sich SCHEISSE an!!"

Ich habe dann ganz überstürzt meinen Jugendfreund geheiratet. Wir suchten uns eine nette Wohnung und planten gegen den Widerstand unserer Eltern - „Ihr seid viel zu jung!" (ich war 18, er 20) - die bescheidene Hochzeit.

Ich wollte so gern meinen Onkel Armin als Trauzeugen, aber meine Mutter motzte und meinte, ich sei verpflichtet, meinen Vater dazu auszuwählen. Also nicht einen Menschen, der mir nahesteht, sondern... **„Ausgerechnet der! Ich will das nicht!"** ... aber bloß keinen Ärger riskieren, soll doch ein schöner Tag werden.

Wir waren so blöd und naiv! Vor der Heirat hatten wir nur wenige Male miteinander geschlafen, eine heimliche und für mich recht schmerzhafte (wegen Verkrampfung) und freudlose Angelegenheit. Als wir dann geheiratet hatten, schien es mir nur logisch, mit meinem Mann (endlich, endlich überhaupt mit jemandem!) über den Missbrauch zu sprechen und damit auch um Verständnis zu werben. Die Reaktion war ernüchternd: „Das ist doch alles lange her, kalter Kaffee!" – sollte heißen, vergiss es und funktioniere gefälligst! Jaja, er behauptete immer, mich zu lieben.

Kurz vor der Heirat war ich in eine neue Abteilung bei OTTO gekommen. Mein neuer Chef war auch so ein „alter Knacker" von 33 Jahren. Und obwohl er mir irgendwann gestand, von Anfang an hauptsächlich auf meinen Hintern geachtet zu haben, ging er die Sache ganz anders an – er führte sehr ernsthafte Gespräche mit mir und schien mich als Person ernst zu nehmen. Zwar war er leider ebenfalls verheiratet und hatte einen kleinen Sohn, aber es bahnte sich trotzdem etwas an. Somit war meine Ehe nach einem halben Jahr beendet!

„Und das war auch richtig so! Mit dem Ehemann war glücklich werden nicht möglich, und die andere Gelegenheit musste ergriffen werden. Er war ein MANN und kein Bubi. Die erste richtige große Liebe, das kann man sich nicht entgehen lassen! Und die Verantwortung für seine Ehe hatte doch er und nicht wir! Er hat das alles initiiert, wir sind nur drauf eingestiegen!"

Und wer musste es ausbaden? Ich. Er war schließlich mein Chef, ich konnte also nicht in der Abteilung bleiben (Verhältnis mit Abhängigen, er hätte ja keine Beurteilung/ Jahresbericht über mich schreiben dürfen – das hätte nicht als fachlich objektiv gegolten). Deshalb also zwangsweise ein freiwilliger Arbeitsplatzwechsel, bevor es „herauskommt".

„Nicht nur, dass es schon wieder neue Heimlichkeiten gab, auch noch weg von einem Arbeitsplatz, den ich sehr mochte. Die Arbeit hatte Spaß gemacht – in der nächsten Abteilung war der Chef nicht nett und das Aufgabengebiet war langweilig! Und privat auch Katastrophe: Erst diese Heimlichkeiten, dann meine Trennung mit Trara und danach dann seine Trennung mit dramatischen Szenen (seine Frau hat mich gehasst, verständlicherweise!), immer Angst, dass er zu ihr zurückgeht – und das tat er dann ja auch nach 3 Monaten."

Endlose Wochen später dann die konsequente Inkonsequenz, die Ehe aufrecht erhalten und mich als Verhältnis nebenher!

„Was für eine beschissene Zeit ! Aber keine Kraft zu einer Trennung. Warten, warten, warten. Während dieser quälenden Wartezeit gab es dann den Zeitpunkt, wo ich nicht mehr konnte und wollte – ich ging zu einem Neurologen und erzählte ihm, dass ich Schlafprobleme hätte. Er verschrieb mir ein Schlafmittel. Vorsichtshalber kaufte ich in einer zweiten Apotheke noch eine weitere Packung frei-

verkäufliche Schlaftabletten... und am Freitag nach der Arbeit nahm ich die dann alle ein und legte mich ins Bett. Nach einer Weile bekam ich Herzrasen und Panik, zwang mich aber liegen zu bleiben. Dann kippte ich weg. Ca. 15 Stunden später wurde ich wieder wach, mit dickem Schädel und unendlicher Frustration – es hatte nicht geklappt, mich umzubringen. Weitermachen, aber wie?! "

Beziehungsweise WER. Ich hatte es wieder am Hals! Und solchen Scheiß kann man nicht mal jemandem erzählen, das ist doch peinlich.

Obwohl ich die Bunten zu der Zeit dringend brauchte, war das Hin und Her zwischen den extremen Gemütszuständen sehr verwirrend und anstrengend. Up and down, schwarz-weiß-bunt.

„Na ja, aber immerhin gab es dann keine Langeweile – immer wieder neue Jobs..."

Rastlose Suche!

...viele Herausforderungen, viele Ablenkungen. Parallel dazu auch immer wieder neue Wohnungen – das hat doch Spaß gemacht! Es ist doch aufregend, in eine neue Wohnung zu kommen und ihr deinen Stempel aufzudrücken, sie dir zu eigen zu machen. Ich liebe das!"

Vor allem hat es unheimlich viel Geld gekostet!

„Und Energie! Immer ein Stück über die vorhandene Kraft hinaus! Ich hasse das!"

In der Zeit vom 15ten bis 30ten Lebensjahr hatte ich 12 Jobs und 12 Wohnungen (aber nur zwei Männer!). Die Bunten fanden es toll, die Schwarze wurde fast wahnsinnig – und ich habe als Weiße alles gemanagt und koordiniert.

Nach mehr als 1 Jahr Warten und Leiden entschied Walter sich noch immer nicht, aber dafür trennte sich dann seine betrogene Frau von ihm. Wir zogen also zusammen, aber für mich hatte es den bitteren Beigeschmack, dass es nicht seine Entscheidung für mich gewesen war, sondern die seiner Frau gegen ihn! Ich war inzwischen längst geschieden, und er war nicht in Wallung gekommen. Dass die beiden sich nicht scheiden ließen, störte mich dann aber nach weiteren 2 Jahren nicht mehr.

Da sein kleiner Sohn an vielen Wochenenden und oft in den Ferien bei uns war, kamen seine Frau Monika und ich vernünftigerweise in einen Dialog und freundeten uns mit der Zeit sogar an!

„Das war doch herrlich dekadent!"

„Mich hat es frustriert! Monika war so eine hübsche Frau, neben ihr kam ich mir immer so unscheinbar und unattraktiv vor. Außerdem war sie in der Entwicklung viel weiter – sie hatte Walter schon hinter sich..."

Ich war nun Anfang 20 und sah endlich meinen beruflichen Weg vor mir:

„Schreiben, das ist es! Journalismus wäre super-optimal, das kann ich und will ich – Recherche, Analyse und dann schriftliche Darstellung. Das ist genau das, was mir liegt!"

„Ja, aber man muss auch auf dem Teppich bleiben! Kein Abi, kein Germanistik-Studium, keine Connections – das war einfach nicht machbar. Keine Chance! Also überlegen, welcher Kompromiss realisierbar ist. Und MEIN Weg war einfach der Beste: Werbung. Werbetexte schreiben. Das ist auch konzeptionelle Vorarbeit plus kreativer Part – optimal. Mehr ging nicht!"

„Stimmt, für die Wegbereitung hattest du die Zügel in der Hand, aber umgesetzt habe ich es ganz oft. Ich habe die Energieschübe geliefert und die kreative Komponente. Fast könnte man uns als gutes Team bezeichnen – zwar nicht gleichzeitig aktiv, aber in toller Aufteilung mit nahtlosen Wechseln. Keiner hat etwas gemerkt! Wir waren gemeinsam Anne und gemeinsam gut."

Beim OTTO Versand hatte ich den Leiter der Verkaufsförderung (würde woanders Werbeabteilung heißen) kennen gelernt und miterlebt, wie er dort „abgesägt" wurde. Das hatte auch alles seine Gründe, war aber ziemlich gnadenlos durchgezogen worden – er wurde danach Geschäftsführer einer neu gegründeten Tochterfirma bei einer etablierten Werbeagentur, und er hatte eine kleines „OTTO-Trauma"…

Ich wusste, dass es ihm sehr gefiel, ehemalige OTTO-Leute bei sich zu beschäftigen, das war ihm ein kleiner Triumph. Also marschierte ich zu ihm und nutzte dieses

Wissen bzw. meine Einschätzung – ich bewarb mich zunächst als Team-Assistentin (Tippse), bekam den Job und lernte erst mal die Abläufe und Hierarchien kennen. Dann fing ich an, mich als Junior-Texter anzubieten. Erst den Wunsch darlegen, danach regelmäßig erinnern.

Ein halbes Jahr nach Arbeitsbeginn war es soweit – der damalige Texter wurde fristlos gefeuert und es musste schnell ein neuer Texter her. Da kann die Kleine doch mal einen Probe-Text machen! Machte ich, und machte ich gut! Ich bekam dann einen neuen Vertrag und los ging's.

> Dort erhielt ich alle Grundlagen für den beruflichen Weg, den ich gewollt hatte. Es war eine sehr intensive Zeit, lernintensiv und bildend. Danke an Margret, Hildegard, Emanuel und Wolfram, aber den größten Dank an Uwe, den Chef, für die Chance!

„Vielleicht auch mal Dank an mich?! Meine Energie war schier unerschöpflich, ich war kraftvoll und kreativ, mutig und selbstbewusst – ich war GUT!"

„Und ich habe mich zumindest zurückgehalten, zurückgezogen! Jedenfalls im Job. Mir blieb ja noch das Privatleben..."

> Okay, danke an alle. Aber so entsteht ja fast der Eindruck, die Bunten wären nach Bedarf abrufbar gewesen – so war es auch wieder nicht.

Manchmal musste ich ganz allein durch bestimmte Situationen hindurch. Es kommt mir im Nachhinein teils zwar selbst so vor, als hätte ich monatelange manische Phasen gehabt, aber es gab immer zwischendurch die Wechsel – schwarz, weiß, bunt. Für Tage, Wochen oder auch nur Stunden. Vermittler zwischen den Welten war immer die Weiße – Verstandesebene, Fassade, Kontrolleur – eigentlich die Wichtigste in diesem Szenario!

Ich bastelte also an meiner kleinen, handgestrickten Karriere.

Von der Junior-Texterin in der nächsten Agentur zur Texterin. Danach Konzeptions-Texterin. Und als krönender Abschluss Werbeleiterin, wo dann kaufmännischer und kreativer Part wieder zusammenfließen konnten. Aber das war erst später, mit 30 Jahren.

Vorher musste ich mich noch betrügen lassen, den Alkoholismus meines Lebensgefährten erkennen und ertragen – und dann habe ich ja auch noch ein Kind bekommen. Es war unglaublich viel los in jenen Jahren zwischen 20 und 30. Nicht alles soll erzählt werden, nur die besonders prägenden Ereignisse. Und mal waren sie für die Schwarze von großer Bedeutung, mal für die Bunten. Aber _immer_ involviert war die Weiße!

Nach dem Auftauchen der Bunten bekam mein Leben zwar grundsätzlich mehr Qualität und

Freude, dennoch war nicht alles plötzlich easy. Vielleicht wegen der starken Kontraste sogar noch etwas schwieriger?

Immerhin – wenn es auch etwas absurd klingt, die manischen Phasen mit ihren Aktivitäten und Energieschüben, Trommelwirbeln gleich, verschafften mir dennoch Atempausen, Erholungszeiten. Nämlich für die ruhig gestellten anderen. Und das dabei neu entdeckte Selbstwertgefühl führte zu mehr Selbstvertrauen, auch für die Weiße, ein ganz klein wenig sogar für die Schwarze.

Während ich also an meinem beruflichen Weg bastelte und dieser aufwärts führte, machte mein Lebensgefährte Walter zeitgleich die umgekehrte Erfahrung. Sein Trinken blieb wohl in der Firma nicht verborgen – ich fing auch allmählich an, es zu bemerken und zu bewerten, nachdem ich es sehr lange nicht begriffen hatte, vielleicht nicht begreifen wollte? Ich war Anfang 20 und sowohl einerseits weit für mein Alter als auch andererseits weltfremd bzw. zurückgeblieben oder, netter ausgedrückt, naiv.

Jedenfalls wurde bei OTTO umstrukturiert und Walters Abteilung mit einer anderen zusammengelegt, ein Bereichsleiter wurde überflüssig, Walter musste gehen. Es gab zwar eine Abfindung, aber der Job war weg. Das ist schon hart für einen Mann „in den besten Jahren", weit entfernt vom Ruhestand – zurückgeworfen in die Bedeutungslosigkeit, nachdem man Chef war…

Er kompensierte das mit noch mehr Alkohol und schleppte in seinen letzten Tagen bei OTTO seine junge Sekretärin ab, um sein Ego aufzumöbeln…

Für mich war das ein Super-Gau. Er hatte mir von Anfang an gesagt, dass er auf Dauer wohl nicht treu sein könne – und ich hatte immer Angst vor diesem Tag. Auch ohne Ankündigung musste ich ja damit rechnen, dass er mit mir irgendwann ebenso umgehen würde wie mit meiner Vorgängerin – er hatte sie mit mir betrogen, warum sollte es mir besser ergehen als ihr?! Eine Beziehung auf dem Unglück anderer aufzubauen, das zieht zwangsläufig seine „Strafe" nach sich. Ich habe also voller Angst darauf gewartet.

Und dann kam es ganz dicke: Walter trank immer mehr. Bis er eine Grippe bekam und deshalb einige Tage nichts trank.

Er lag da, hatte Fieber – und fing an zu phantasieren. Erzählte mir von dem Besuch seines Neffen, obwohl niemand da gewesen war! Stellte sich ans Fenster und erzählte mir von den Arbeitern, die dort eine Weihnachtsdekoration anbrächten, obwohl da morgens um 4 Uhr nichts und niemand war! Dann ging er um 5 Uhr morgens duschen, zog sich an und wollte zu einer Verabredung mit einem ehemaligen Mitarbeiter, um vermeintlich ein Hotel zu kaufen! Ich schaffte es nicht, ihn zurück zu halten – er stapfte los und ich wurde fast verrückt vor Sorge. War aber wie gelähmt und wartete einfach. Nach ca. einer Stunde kam er zurück und legte sich wieder ins Bett. Ich rief seinen Hausarzt an, um mir einen Rat zu holen. Krankenhaus-Einweisung! Aber als ich einen Krankenwagen bestellen wollte, hatte ich keinen Erfolg – man sagte mir, ich sollte ihn selbst hinfahren.

„Der wäre doch nicht freiwillig mitgekommen! Und dann noch das Risiko, dass er unterwegs aus dem Auto hüpft! Ich wusste wirklich nicht, wie ich das lösen sollte!"

Also nochmals mit dem Arzt telefonieren, und diesmal kam der richtige Tipp für die Formulierung, „unkontrollierbare Erregungszustände" war das Zauberwort (die hatte ich inzwischen selbst!). Jedenfalls schickte man mir daraufhin endlich einen Krankenwagen! Als die Leute eintrafen, bestätigte Walter ungewollt die Richtigkeit der Maßnahme, indem er mich wild beschimpfte und bedrohte – „das wirst du bereuen, dafür wirst du bezahlen, das überlebst du nicht" – wenn er auch nur meinte, das koste mich Veränderungen meines Lebens, es klang unkontrolliert und bedrohlich. Er wurde also auf eine Liege geschnallt und ich fuhr tapfer mit ins Krankenhaus.

Wir wurden in die Neurologie des Barmbeker Krankenhauses gebracht und mussten stundenlang auf einen Arzt warten, weil der im OP war. Während dieser Wartezeit wurde es für mich wieder gespenstisch, denn Walter las mir vor, welcher Werbeschriftzug auf meinen Stiefeletten aufgedruckt war – der Name eines alkoholischen Getränks, Metaxa! Oh Mann, gar nichts stand da, es waren schlichte, sandfarbene Schuhe.

„Der Hauch des Wahnsinns wehte mich an..."

Als endlich, endlich der Arzt kam, brachte er mich in die peinliche Situation, Walters Ausfälle in dessen Beisein schildern zu sollen. Das fand ich ganz schrecklich und erzählte es deshalb sehr zurückhaltend, so undramatisch wie möglich. Und dann erklärte Walter dem Arzt ganz ruhig und sachlich, dass zum Beispiel die Arbeiter, die die Dekoration draußen angebracht hätten, von mir einfach nur nicht gesehen wurden, weil ich ja so schlecht gucken könne, besonders im Dunkeln (was grundsätzlich und im Ansatz stimmte, aber ich bin ja nicht blind!) – und der Arzt könne ja sehen, dass ich eine Brille trage!

Panik!! Walter wirkt so vernünftig und sachlich, jetzt muss ich aufpassen, dass die nicht MICH hier behalten, anstatt ihn. Der Arzt wird IHM glauben und nicht mir.

Dann komme ich in die Klapse, und je mehr ich mich darüber aufrege, desto mehr bestärke ich die dann in dem Glauben, ich sei zu recht dort. Dann

muss ich beweisen, dass ich n i c h t verrückt bin. Aber wie soll ich das schaffen, denn eigentlich bin ich es ja vielleicht… WAS SOLL ICH NUR TUN?!

Ruhig bleiben. Nicht aufregen. Wenn ich mich jetzt aufrege, werde ich unglaubwürdig! Ganz ruhig verhalten. Sachlich bleiben. Keine Angst zeigen.

Dann passierte das Unglaubliche: Der Arzt hatte die absolute Peilung und zweifelte nicht eine Sekunde an meiner Schilderung! Er kannte sich gut genug aus mit Delirien (Reaktion auf Alkoholentzug), um die Situation einschätzen zu können. Ich hätte ihn vor Erleichterung umarmen mögen. Ich konnte ihm vertrauen! Schade, dass ich das vorher nicht wusste, hätte ich mir doch die Angst und Panik ersparen können. Aber Vertrauensvorschuss konnte ich niemandem geben (nicht mehr. Das ist ganz klar eine Folge des Missbrauchs.).

Fast 10 Jahre später erlebte ich diese Verwunderung und Begeisterung noch einmal, als ich die 1. Therapie begann und mir wieder vorbehaltlos geglaubt wurde. Es kam genauso überraschend für mich, und löste wieder Begeisterung und Dankbarkeit aus! Was für ein unglaublich gutes Gefühl – du sagst die Wahrheit, deine Wahrheit – und man glaubt dir und nimmt dich ernst. PHANTASTISCH!

Wenn ich mich richtig erinnere, hatte ich danach eine ziemlich lange manische Phase. Ich blieb mit Walter zusammen, denn einen (Alkohol-)Kranken kann man ja nicht im Stich lassen, aber ich rückte innerlich etwas von ihm ab und mein beruflicher Weg rückte in den Vordergrund.

Walter kaufte von seiner Abfindung zunächst einen Blumenladen. Das sah so aus: Er hatte den Laden, ich hatte die Arbeit! Morgens ganz früh zum Großmarkt, dann im Laden die Vasen für das Schaufenster fertig machen (ich war lediglich ein wenig angelernt, machte alles so gut es ging als Nicht-Fachkraft) und danach zu meinem Job als Werbetexterin. Abends zurück in den Laden, Kasse machen und die Blumen wickeln, um sie über Nacht in den Kühlschrank zu stellen. Die Tagschicht machte eine Praktikantin.

Wenn mir dieses volle Programm auch nicht gefiel (Walter fuhr nach dem Großmarkt und nachdem er evtl. noch einige Bunde Rosen entdornt hatte, nach Hause und „trank kontrolliert" wie er meinte, ich hingegen eilte zur nächsten Aufgabe), in all diesen Pflichten funktionierte ich mit scheinbar unendlicher Energie und Kreativität. Der Job in der Werbeagentur war die Belohnung nach dem Pflichtteil! Ich – *„nee, ICH !"* - schaffte das alles und war stolz wie Oskar.

> Die „Machtverhältnisse" innerhalb der Beziehung begannen sich zu verschieben, aber Walter wollte weiter der Bestimmer sein und versuchte mich „klein zu halten"… Das würde nicht mehr

lange gutgehen. Zumal die Bunten ein Selbstvertrauen entwickelten, das der Weißen nicht geheuer war und der Schwarzen eher wie Größenwahn vorkam. Wir saßen auf einer Zeitbombe.

Bevor ich mich aber aus dieser Geschichte befreite, bekam ich ein Kind.

Eigentlich träumte ich schon mit 15 Jahren davon, eine Tochter zu bekommen. Ich wollte unbedingt ein kleines Mädchen, das ich beschützen konnte, damit ihr nicht das passierte, was mir passiert war – sie sollte glücklich, sicher und unbefangen aufwachsen! Wollte ich damit meine verlorene Kindheit nachholen? Ich weiß es nicht, bin kein Psychologe. Aber es war unbedingt mein Lebensplan, eine Tochter zu haben. Anfangs wollte ich zwei Kinder, zuerst das Mädchen, dann einen Jungen (ich bin zwei Jahre älter als mein Bruder, mehr Geschwister habe ich nicht – Nachahmung also). Später wollte ich dann nur noch ein Kind, ein Mädchen.

Jedenfalls war ich selbst als Jugendliche vernünftig genug, diesen Plan nicht mit 15 Jahren schon, sondern erst später umsetzen zu wollen, wenn die Rahmenbedingungen geschaffen wären, finanziell und familiär.

Insofern war es dann aber doch ein beknacktes Timing, sich mit 25 Jahren von einem Alkoholkranken schwängern zu lassen! Aber nach einem Italien-Urlaub blieb meine Periode aus, und ich befürchtete einen Pillen-Unfall. Als ich dann 3 Wochen verspätet doch noch meine Tage bekam, hatte ich mich schon an den Gedanken gewöhnt, schwanger zu sein, und ich war enttäuscht. Dann bestürmte mich auch noch Walter, nun absichtlich schwanger zu werden – und so setzte ich die Pille ab und ließ es drauf ankommen.

Ich war also schwanger.

Die Schwangerschaft war keine schöne Zeit: Schon ein paar Tage vor Ausbleiben der Periode musste ich beim Einkaufen nach dem Anblick von rohem Fleisch am Schlachter-Stand abrupt den Laden verlassen und mich übergeben! Und dann war mir jeden verdammten Tag bis zur Entbindung übel!! Zwar habe ich nur noch ein weiteres Mal spucken müssen, aber es war mir permanent und penetrant schlecht. Außerdem konnte das unstrittig spannende und schöne Empfinden der Kindsbewegungen nicht darüber hinwegtäuschen, dass ich diesen Zustand irgendwie als „parasitär" empfunden habe. Und ich hatte höllische Angst vor der Geburt.

„Schmerzen! Unvermeidbar kommen sie auf mich zu – ich will das nicht, mit Schmerzen kann ich doch überhaupt nicht umgehen. Das wird viel, viel schlimmer werden als alles bisher erlebte! Beim Zahnarzt konnte ich abhauen, bevor ich drankam – aus dieser Nummer komme ich nicht raus!! Wie soll das gehen? Beim Sex tut ja schon das Eindringen teilweise weh, so ein Babykopf ist viel größer... und alle sagen, dass es irre weh tut und man reißt ka-

putt oder wird geschnitten – ein Alptraum! Da hilft diesmal kein Verweigern oder Weglaufen, ich MUSS, MUSS, MUSS – HILFE!!!"

Obwohl ich also auf starke Schmerzen eingestellt war, hat mich die Realität entsetzt. Die Wehen haben mich umgehauen wegen ihrer Schmerzintensität. Erstaunlich, dass man solche Schmerzen überlebt!

Schlimm an der Situation war auch, dass ich ganz allein war – Walter wollte und sollte nicht bei der Geburt dabei sein, aber eine Freundin wollte mitkommen – aber auch da war mein Timing schlecht: Nachdem Walter betrunken von einem Kegelabend kam, platzte nachts die Fruchtblase. Nach nur 2 oder 3 Stunden Schlaf fuhr mich ein immer noch angetrunkener Mann ins Krankenhaus, glücklicherweise unfallfrei. Meine Freundin konnte nachts auf die Schnelle keinen Sitter für ihren 6-jährigen Sohn bekommen und ihn auch nicht allein lassen – also war <u>ich</u> allein. 1983 wurde es als selbstverständlich vorausgesetzt, dass die Väter mit im Kreißsaal sind, deshalb sparte man das am Personal ein – auf eine allein Gebärende war man nicht eingestellt, also keine Hebamme an meiner Seite.

Gegen 2 Uhr war ich im Krankenhaus, die Wehen kamen gleich nach dem Blasensprung schon sehr schnell, alle drei Minuten – es war heftig. Ich krümmte mich und heulte, an vernünftiges Atmen war nicht zu denken. Es kam mir ewig lange vor, aber gegen 7.30 Uhr, als dann doch mal eine Hebamme zur Kontrolle hereinschaute, war schon klar, dass es nicht gut lief. Die Herztöne des Kindes waren nicht gut, es kam Unruhe auf. Ein Kaiserschnitt sollte gemacht werden. Vorsorglicher Anruf in einem anderen Krankenhaus, weil die Paracelsus-Klinik keine Neugeborenen-Intensivstation hatte.

Jedenfalls war es so, dass sich trotz der heftigen Wehen der Geburtskanal nicht ausreichend dehnte und das Kind feststeckte. Es kam ein Doc und schob den Kindskopf mit aller Kraft wieder zurück, damit er aus der Gefahrenzone, also dem Schnittbereich war. Dann die OP-Vorbereitung.

Ich hatte vorher einen Tropf bekommen, damit die Wehen aufhören, und als man mich auf den OP-Tisch packte, kam der Tropf ab. Die Wehen gingen also wieder los, und sie hatten vergessen, mich auf dem schräg geneigten Tisch festzuschnallen – da bekam ich richtig Stress! Krampfhaft festhalten, damit ich nicht herunterfalle. Dabei wieder die Wehen, und man murkelte an mir herum, um einen Blasenkatheder einzuführen! Bis ich dann in einer Atempause sagen konnte „Ich falle hier gleich runter!"

„Was für Ängste! Es war so anstrengend und schwer, mich festzuhalten. Der dicke Bauch zog nach unten. Dazu noch die Angst vor der 1. Narkose meines Lebens. Wenn nun die Mittel zur Muskelerschlaffung wirken, aber die Narkose nicht?

Das habe ich mal gelesen, da musste eine Frau ihre OP voll miterleben, mit allen Schmerzen – und sie konnte sich nicht mitteilen! Nicht reden, nicht zucken, nur alles aushalten müssen! Ausgeliefert, hilflos, ohnmächtig. Hoffentlich passiert MIR das nicht!"

Nein, das ist mir nicht passiert. Ich hörte irgendwann die Stimme der Hebamme: „Es ist alles gut gegangen, dein Kind ist gesund und konnte hier bleiben, musste nicht rüber ins Heidberg-Krankenhaus. Es ist ein niedlicher Junge!"

Ach so, die sprach gar nicht mit mir – ich habe ja ein Mädchen! Weiterschlafen.

Dann wurde ich wieder wach, weil man mir das gebadete Kind brachte und mir in den Arm legte – „hier ist dein Sohn!".

Sch…..ade. Ein Junge. Na ja, wenigstens meine Eltern werden sich freuen, die wollten ja, dass es ein Junge wird.

Und: verdammt, der sieht ja aus wie sein Vater! Ertrage ich solchen „Doppel-Whopper"?

> Es war schon merkwürdig, das Ereignis zu verschlafen, sein Kind nicht selbst begrüßen zu können und so unvermittelt in ein zuerst fremdes Gesicht zu schauen – um dann festzustellen, dass aus meinem weiblichen Körper ein männli-

ches Wesen entstanden ist, das auch im Gesicht nichts mit mir gemeinsam hat.

Der erwartete Glücksknall war das nicht.

Die Schwarze war erleichtert:

„Immerhin bin ich durch das ganze Chaos und Drama um das herumgekommen, vor dem ich mich am meisten gefürchtet hatte – ein Kinderkopf, der durch den engen Geburtskanal kommt und mich dabei kaputt reißt! Und es hat auch keiner ohne Betäubung da unten an mir herum geschnitten!"

Nach ein paar Tagen fand ich meinen Zwerg zauberhaft.

Nach ein paar Jahren war ich fast froh, dass ich kein Mädchen bekommen habe – wahrscheinlich hätte ich eine Tochter erstickt mit meinem Schutz vor der bösen Welt. Hätte in jedem Mann ihres/unseres Umfeldes einen potentiellen Kinderschänder gesehen! Hätte sie in schlimme Neurosen und mich in den endgültigen Wahnsinn getrieben, fürchte ich. War also bestimmt besser so, dass es „nur" ein Junge war.

Ich erinnere nicht, dass ich während der Schwangerschaft manische Phasen gehabt hätte, die kamen erst hinterher wieder. Immer entweder in Zusammenhang mit Job- Wechsel oder Umzug, später auch bei Männer-Wechsel – kamen die Bunten mit der Veränderung oder kamen die Veränderungen durch die Bunten, d.h.

führten sie diese herbei? Es fühlte sich mal so und mal so an, ist im Nachhinein schwer zu sagen.

Was mir in den früheren Jahren, als mir diese Krankheit noch nicht bewusst war, manchmal auffiel und mich sehr irritierte, war ein leichtes Schwindel-Gefühl bei den Wechseln von Zustand zu Zustand...

plötzlich schaute ich im Spiegel in ein Gesicht, das meines war und doch irgendwie nicht – ich habe mich auch optisch sehr verschieden wahrgenommen! Klar, immer die roten Haare und grünen Augen, aber mal schaute mich ein hässliches Wesen mit Kartoffelnase an, mal eine Person, die meiner Mutter ähnelte (was ich eklig fand!), mal ein relativ flottes Mädel. Und auch die Gefühlsübergänge waren oft abrupt. Von den Bunten zur Weißen, das war etwa so, wie nach einem Trinkgelage oder Drogenkonsum wieder nüchtern zu werden.

Von der Schwarzen zur Weißen, das war aus tiefstem schwarzen Kellergewölbe zurück ans Tageslicht – und nach unterschiedlich langer Verweildauer dann wieder ab in die Wolken, wo's bunt ist – der Höhenunterschied ist beträchtlich, aber ich habe die Etagen nie gezählt.

Allen gemeinsam ist übrigens eine gewisse Verachtung für die anderen, das Empfinden von Peinlichkeit für deren Aktionen. Und Unverständnis – die Weiße als Hauptakteurin behalf sich dann immer mit großer gefühlsmäßiger Distanz. Der Preis dafür war, sich irgendwie selbst nicht trauen zu können, denn die Aufteilung schwarz-weiß-bunt war mir ja lange Zeit gar nicht bewusst. Ich war einfach mal so und mal so, musste deshalb oft über mich selbst den Kopf schütteln… war sogar entsetzt und peinlich berührt, habe mich geschämt und selbst nicht verstanden. Was waren denn um Himmelswillen die Motive für mein Verhalten?

Besonders unrühmlich waren immer auch die depressiven Phasen. Die Schwarze wollte ganz oft sterben. Wie viel Zeit meines Lebens habe ich damit verbracht, übers Sterben nachzudenken? Zu viel.

Zum Glück ist die Schwarze so ängstlich, besonders was Schmerzen angeht. Und Selbstmord ohne Schmerzen, das ist kaum möglich.

Vor einen Zug schmeißen? Kann klappen, muss aber nicht. Kann sein, dass man verstümmelt überlebt. Auf jeden Fall mit Schmerzgarantie… und eine Gemeinheit, den Zugführer zum Werkzeug zu machen!

Vom Hochhaus springen oder von einer Brücke? Das gleiche Risiko – Schmerz beim Aufprall und vielleicht gelähmt weiterleben müssen.

Pulsadern aufschneiden? Aua! – und das viele Blut ist ja eklig!

Mit dem Auto gegen einen Baum fahren? Voller Verletzungen und Schmerzen bei Bewusstsein bleiben, eingeklemmt sein und womöglich dann auch noch verbrennen?!

> An Horror-Szenarien mangelte es mir nicht. Aber an Mut. Also immer weitermachen. Wenn es mir auch in diesen Phasen als sinnlos und unüberwindlich schwer erschien.

Zurück zu Walter.

Über 8 Jahre lang war es mir nicht gelungen, mich aus dieser Beziehung zu lösen. Obwohl ich quasi eine Betrugs-Garantie von ihm hatte und irgendwann vor seinem Alkohol-Problem nicht mehr die Augen verschließen konnte, kam ich da nicht raus.

Erst als mein Sohn geboren war, stellte ich mich den Tatsachen. Es gab noch einige Auslöser, die vergleichsweise undramatisch waren, aber doch die Trennung bewirkten.

Beispielsweise war ich in den ersten Wochen ziemlich kaputt – die Kaiserschnitt-Wunde schmerzte, ich war müde und erschlagen von allem. Einmal, als nachts der Kleine weinte, habe ich es wirklich nicht gleich gehört, habe vor Erschöpfung tief geschlafen – bis Walter mich wachrüttelte:

„Dein Kind brüllt schon seit einer Viertelstunde, willst du nicht mal aufstehen?!". Es war ja wohl auch sein

Kind, nicht nur meins? Warum stand ER nicht auf, wenn er merkte, wie kaputt ich war? Ich stillte nicht, die Flasche hätte er dem Kleinen ebenso gut geben können!

Ein anderes Mal, als ich den Mittagsschlaf des Kleinen zum Einkaufen nutzte (Walter wollte nicht mit dem wachen Kind allein bleiben, weil er „ja nicht wusste, was er machen soll, wenn das Kind schreit"), fand ich anschließend einen stinkenden, brüllenden Zwerg vor. Walter hatte ihn nicht gewickelt, weil es ja höchstens noch 1 Stunde dauern würde, bis ich wieder da wäre…

Und als ich dann mal ein Wochenende bei meinem alten Chef jobbte, beim Alstervergnügen (Riesenveranstaltung über drei Tage), rief er gleich am ersten Tag an, ich solle nach Hause kommen, der Lütte hätte die Hosen voll. Das ging natürlich nicht, also rief er eine Freundin von mir zum Wickeln.

Ich fand das unfassbar!

Aber selber schuld. Noch in hochschwangerem Zustand war ich damals für ihn zu Besichtigungen und Notar-Terminen gegangen (er hatte inzwischen auf Makler umgesattelt), weil er zu Hause saß, „kontrolliert trank" und Videos schaute. Ich habe ihm ganz viel abgenommen, mir selbst ganz viel Verantwortung aufgeladen – das wollte er gern so behalten!

Nun war aber Schluss mit Funktionieren. Ich konnte nicht alles schaffen! Und Verantwortung definierte ich seit der Entbindung anders, nämlich auf mein Kind bezogen statt auf dessen Vater.

Also ging ich.

Ich war 26, mein Sohn war 9 Monate. Das letzte Jahr war ich bei Walter in der Maklerfirma angestellt gewesen, für luxuriöse 800 Mark brutto im Monat. Als ich ging, hatte ich keine Wohnung, keinen Job, kein Geld, keine Möbel außer Kinderbett und Wickeltisch.

Zum Glück fand ich private Vermieter, die einer vorübergehenden Sozialhilfe-Empfängerin eine kleine Dachwohnung gaben.

Ein Jahr lang biss ich mich durch diese Situation hindurch. Bitter wenig Geld, auch nicht wirklich viel Würde, aber mit dem festen Willen, meinen Sohn nicht bei einem Trinker aufwachsen zu lassen. Das war mir sehr wichtig.

Noch wichtiger wurde dann das Bedürfnis, auch finanziell unabhängig zu werden. Ich wollte selbst für mein Kind und mich sorgen – also brauchte ich wieder Arbeit!

Ich fand eine ganz tolle, liebevolle Tagesmutter für den Zwerg (mit nicht einmal 2 Jahren sollte er nicht in eine Kinder-Krippe!) und einen Job.

Die Anfeindungen des verlassenen Walters überstand ich auch. Als „Gegenmaßnahme" hatte er zunächst die Idee, statt Trennung, nun doch lieber endlich Heirat!

ZU SPÄT! Weil ich undankbares Ding das nicht (nicht mehr) wollte, wurde ich beschimpft. Inzwischen kenne ich diese Reaktion; ist wohl ein Reflex bei gewissen Männern, wenn sie verlassen werden. Wenn man nicht mehr mit ihnen schlafen will, ist man entweder eine Lesbe oder frigide…

Frigide hielt ich nicht für ausgeschlossen. Ich gönnte mir eine ganz lange Männer-Pause! Wollte warten, ob und wann ich wieder Interesse spüren würde an Männern und Sex.

Das war dann erst mit 30 Jahren der Fall. Aber nicht nur das – mal wieder ganz viel auf einmal:

Wieder Interesse an Männern und die neue Strategie, Sex ohne Liebe. *„Auch Frauen können das! Man muss nicht verliebt sein, um Sex zu haben. Ist sogar viel einfacher, wenn nicht – man ist nicht so verletzbar! Wenn dann etwas verletzt wird, ist es wahrscheinlich nur die Eitelkeit, und das ist nicht so schlimm."* Also lediglich Affären. Was meine Freundinnen mir an Erfahrungen voraus hatten und nachträglich als Jugendsünden verbuchten, damit fing ich erst so spät an.

„War spannend!"

War ungewohnt.

„War verwirrend und beängstigend!"

Und war besser spät als nie…(außerdem auch unverbindlicher als längerfristige Beziehungen, denn in One-

Night-Stands wird nicht unbedingt experimentiert, das verklemmt sein blieb ziemlich unentdeckt)

> War aber nicht immer ganz so easy – ab und zu verliebte ich mich dann doch, außerplanmäßig und unpassend. Merkwürdigerweise immer in die, die nichts Ernsthaftes wollten, unerreichbar waren – die wollte ich und bekam ich natürlich nicht. War das „Absicht"? Habe ich mir die unerreichbare Liebe meiner Mutter immer wieder „inszeniert"?! Diejenigen, die von mir mehr wollten, für die war ICH unerreichbar. Ich glaube, ich habe sie ein bisschen verachtet – wer mich nicht „durchschauen" konnte, war nicht klug, und wer ausgerechnet mich zu lieben glaubte, mit dem konnte ja etwas nicht stimmen?

Und dann auch mal ran an einen alten Traum, Fallschirmspringen. Das wollte ich auch schon ganz lange Jahre, dachte aber, das können nur Jungs bei der Bundeswehr machen. Als ich durch eine Show-Vorführung – Zielspringen auf einen Ponton auf der Alster, beim Alstervergnügen – die Springer kennen lernte, erfuhr ich, dass es ein Sport für alle ist!

Es gab einen Verein in der Nähe von Hamburg, an einem kleinen Sportflugplatz. Da bin ich längere Zeit herumgeschlichen, habe zugeschaut und bin mit den Leuten in Kontakt gekommen. Dann fügte es sich, dass dort Werbematerial benötigt wurde. Plakate und ein Prospekt sollten betextet werden – und als ich das übernahm, war als Bezahlung ein Tandem-Sprung abgemacht. Ein Sprung aus 3.000 Metern Höhe, zusammen mit einem erfahrenen Springer. Da man diesem vor den Bauch geschnallt wird, nennt es sich auch Känguru-Sprung. Und es war eine sensationelle Erfahrung!!! Ich, schlechteste Beifahrerin der Welt, Mega-Schisser, die, die niemandem vertrauen kann… hier war mir klar, dass der Tandem-Master das kann, was er tut. Im Gegensatz zu mir. Ich erkannte seine Kompetenz an und überantwortete mich ihm! Das hatte ich freiwillig noch nie getan, und es war toll. Endlich mal selbst nicht die Verantwortung haben! Und dann auch noch dieses intensive Sprungerlebnis: Ein Sturz ins Bodenlose, schockierend. Freier Fall, 200 km/h die man am ganzen Körper fühlt und laut hört. Bei der Schirmöffnung ein Knall, „Vollbremsung", und dann unglaubliche Stille im Vergleich zu vorher – das Gefühl, man sei ganz allein in einer friedlichen Welt. Dieser Ausblick! Es war phantastisch, und ich war berauscht von meinem „Mut".

Den 2. Sprung habe ich mir auch erarbeitet, den 3. habe ich dann bezahlt. Erst als ich einen Kursus machte, um allein zu springen, stieß ich an meine Grenzen. Beim ersten Alleinsprung musste der Lehrer mir einen Schubs geben, weil ich mich doch nicht traute. Die Haltung war auch nicht ok, bei der Schirmöffnung verletzte ich mir das eine Bein an den Leinen, Hautabschürfung – und ich wusste absolut nicht, wie es passiert war. Kontrollverlust, nichts macht mir mehr Angst als Kontrollverlust! Das war's dann leider, ich habe mich danach nicht mehr getraut – aber immerhin hatte ich es versucht, und die Erinnerungen kann mir keiner mehr nehmen. Gerade in dieser Sache fühle ich mich nicht als Versager sondern als jemand, der seine Grenzen erkennt und vernünftig danach handelt.

Im Job leitete ich die nächste Karriere-Stufe ein,

> Werbeleiterin bei einem Versandbetrieb, 10 bis 12 Millionen DM Werbeetat im Jahr. Das war schon was, und das als Frau, noch dazu ohne Abi und Studium. 1 Jahr später würde ich 100.000 Mark im Jahr verdienen, es würde mir finanziell sehr gut gehen.

...aber ausgerechnet am Anfang dieses Raketenstarts hat die Schwarze sich geregt und bemerkbar gemacht. Nachdrücklich.

Warum?

Zur selben Zeit wie ich war damals auch meine Schwägerin, Frau meines Bruders, schwanger. Und sie bekam ein Mädchen. 4 Monate älter als mein Sohn.

Durch die Enkelkinder intensivierte sich der Kontakt zu unseren Eltern, sie waren entzückt von ihren Enkeln.

Ich hatte von Anfang an ein mulmiges Gefühl, das steigerte sich im Laufe der Zeit – ich würde auf meine Nichte sehr aufpassen müssen! Sie dürfte nicht mit ihrem Opa allein sein, schon gar nicht dort übernachten. Zuerst, als sie noch so klein war, stellte sich das Problem zum Glück nicht, meine Schwägerin war ohnehin sehr behütend. Aber ich blieb auf der Hut!

Ich telefonierte regelmäßig mit Eltern und Großeltern der Kleinen, ich wollte immer auf dem Laufenden sein. Die Sorge schaukelte sich hoch, ich befand mich in einer Spirale.

Das war Stand der Dinge, als meine Nichte fünf Jahre alt war und ich vollen Einsatz im Job zeigen musste.

Parallel dazu bekam meine Mutter ihre nächste „ich Ärmste habe so ein schweres Los"-Phase. Sie beklagte sich immer öfter über ihr unglückliches Leben an der Seite meines Vaters, Hauptkritik „fast gar kein Sex". Früher hatte sie ja immer gesagt, sie bliebe nur unseretwegen bei ihm, nun machte sie daraus, sie könne ihn ja nicht allein und sich selbst überlassen. Er sei so von ihr abhängig, sie organisiere ihrer beider Leben. Aber sie fühle sich wie im Gefängnis, würde am liebsten gehen und ihr eigenes Leben leben.

„Es wurde immer schlimmer. Sie klagte und jammerte – und ich fühlte mich immer schlechter dabei! Schließlich wusste sie ja nicht, was er für ein Schweinehund war. Indem ich es ihr nie gesagt hatte, beraubte ich sie ihrer Entscheidungsfreiheit! Wenn sie es wüsste, müsste sie keine Rücksicht auf ihn nehmen, das hatte er nicht verdient. Ich behin-

derte sie also in ihrer Freiheit!! Mal wieder SCHULD, SCHULD, SCHULD.

Und dieser Druck wegen meiner Nichte – wie sollte ich es schaffen, 100%ig aufzupassen, alles rechtzeitig mitzukriegen?! Die Kleine wurde nun 5 Jahre, ein super-gefährliches Alter! Da wollen die Kinder mal bei den Großeltern übernachten, die Eltern mal ein freies Wochenende haben. Das ist ungefähr das Alter, in dem der Missbrauch bei mir begann…

Und was ist mit Kindern oder Enkelkindern von Bekannten meiner Eltern? Camping-Nachbarn? Wie soll ich es schaffen, das alles unter Kontrolle zu haben?!? STRESS!!! Das kann ich gar nicht schaffen, und das Misslingen will ich nicht erleben, alle werden mich hassen. Ich will hier weg, das Leben ist für mich nicht zu bewältigen, ich schaffe das alles nicht. Sinnlose Anstrengungen, aussichtsloser Kampf.

Erfolg im Job – pah, ich bin eine Arbeitsbiene, aber kein Manager! Die werden merken, dass ich gar nicht so toll bin, das wird auffliegen. Kann gar nicht gut gehen!

Affären, Selbstbestätigung als Frau – das ist doch nicht das Wichtige im Leben! Alles nur oberflächlicher Scheiß.

Unbefriedigend.

Keiner liebt mich. Ich will lieber sterben, als so weiter zu wuseln. Ich kann mein Kind nicht alleine lassen? Stimmt, am besten nehme ich es mit! Das gehört mit zu meiner Verantwortung, das muss ich machen."

„Reiß' Dich zusammen, hysterische Kuh! Dieser Job ist DIE Chance für mich, versau' mir das nicht – das verzeihe ich dir sonst niemals!"

„Hoffentlich geht das gut. Irgendwie muss ich mich da hindurch lavieren! Ruhe bewahren und Nerven behalten. Wenigstens dies eine Mal noch! Es geht um ALLES…"

„Es geht mir schlecht, verdammt. Ich kann und will nicht mehr. ES GIBT MICH AUCH, nicht nur Euch – UND AUCH ICH HABE RECHTE. SOGAR DAS RECHT, STERBEN ZU WOLLEN. Jetzt mal ICH, ICH, ICH!"

Ich steuerte auf einen Zusammenbruch hin.

Ein Neurologe (und selbsternannter Gesprächstherapeut), den mir eine Bekannte empfohlen hatte, beschleunigte ungewollt den Kurs und das Tempo.

Er war die Ober-Arschgeige seiner Zunft! Und ich am Ende der Vernunft…

IV Die 1. Therapie

Komisch, ich werde ernst genommen.

Im Laufe der Jahre hatte ich viele Bücher zum Thema „Kindesmissbrauch und daraus resultierende psychische Störungen" gelesen. Ich habe eben versucht, mich da hindurch zu wuseln – und oft dachte ich, mit diesen Anstrengungen sei auch genug getan. Schließlich lagen die meisten Fälle in viel schwereren Härtegraden als meiner. Eigentlich habe ich mir nicht viel Recht auf Leid zugestanden.

Zwar dachte ich auch immer mal, dass dieses Gefühl, irgendwann verrückt zu werden, Anzeichen für eine andere Störung sei – dass eben noch mehr dahinter steckte… aber was ich auch nachlas, nichts passte auf mich.

Multiple Persönlichkeit nicht, weil ich mich zwar wie mehrere verschiedene Personen empfand, aber mir eben dessen bewusst war. Und echte Multiple wissen nichts voneinander. Borderline war es auch nicht, ich würde mich aus Horror vor Schmerzen nie selbst verletzen, und Borderliner schnippeln oder brennen teilweise an sich herum.

Schizophrenie kam mir auch nicht passend vor.

Jedenfalls informierte ich mich so gut es ging und legte es dann wieder zu den Akten. Hatte den Anspruch, allein damit fertig zu werden und ließ immer den Verstand über das Gefühl regieren.

Mit 30 Jahren hatte ich mich auf diese Art gründlich „heruntergewirtschaftet", der Leidensdruck wuchs ins Unermessliche! Ich fühlte mich verantwortlich für das Unglück meiner Mutter (sie konnte ja meinen Vater nicht verlassen, weil sie nicht wusste…) und für die Sicherheit aller Kinder im Umfeld meines Vaters (sie mussten geschützt werden, aber wie sollte ich so viel Kontrolle erreichen, dass ich Übergriffe hätte verhindern können?!).

Als ich wirklich kurz vorm Zusammenbrechen war und am Ende jeder Vernunft, empfahl mir eine Bekannte einen Neurologen, der auch Gesprächstherapien anbot.

Ich ging also dorthin und fing an, von dem Missbrauch zu erzählen. Überwiegend weinte ich mehr als dass ich redete, aber in groben Zügen informierte ich ihn.

Was mich zuerst störte, war seine Art der Verabschiedung: Er brachte mich zur Tür und umarmte mich, obwohl ich körperliche Abwehr zeigte. Gesagt habe ich nichts, weil ich auch einfach erschöpft vom Heulen war und mir albern vorkam mit meiner Empfindlichkeit – aber befremdlich fand ich es schon. Das war aber noch harmlos, richtig heftig wurde es erst, als ich nach 3 Terminen äußerte, ich wolle es nun meiner Mutter sagen, was damals passiert war. Seine Reaktion macht mich heute noch fassungslos!! Er entgegnete mir, ich solle das lieber lassen. Und er begründete es so: „Das ist doch 15 Jahre her. Nun stellen Sie sich vor, Ihr Vater hätte damals eine Affäre gehabt, von der Sie wussten – wem bringt es denn nach all den Jahren etwas, das noch offen zu legen?!"

> Er verglich den erlittenen Missbrauch mit einer Affäre, einem Fremdgehen mit einvernehmlichem Sex, wie es für viele Männer typisch wäre. In welche Position drängte er MICH denn damit?!

Zusammenfassend kann ich nur feststellen, dass dieser selbsternannte Therapeut unglaublich unsensibel und dilettantisch war, eine Ober-Arschgeige.

„Ich habe mich daraufhin nicht mehr bei ihm blicken lassen, war zutiefst verletzt und verunsichert. Es hatte ja keinen Sinn, keiner verstand mich! Und zog mich noch einmal in mich selbst zurück".

Kurzfristig. Denn dann ging es gar nicht mehr! Ich bekam einen völligen Zusammenbruch, und das sah so aus:

Meist 1x täglich, teilweise sogar 2- oder 3-mal, brach ich wirklich heulend, schreiend und kotzend zusammen. Ich hatte das Gefühl, nichts mehr auf die Reihe zu bekommen, einfach nicht mehr funktionieren zu können (glücklicherweise waren mein Chef und seine Frau zu der Zeit für einige Wochen in Japan. Ich hatte einen Bürotrakt für mich allein, es fiel also niemandem auf, wie schlecht es mir ging – und dem äußeren Anschein nach funktionierte ich doch noch).

„Für uns Bunten war vorübergehend kein Raum, die Weiße und die Schwarze übernahmen die Kontrolle."

Welche Kontrolle? Es war im Gegenteil alles außer Kontrolle!

„Sterben, sterben, sterben. Schluss mit der Quälerei. Ist ja alles sinnlos und ich schaffe es nicht, halte es nicht aus.

Nein, meinen Zwerg dann doch nicht alleine zurücklassen, ihn mitnehmen.

Autoabgase ins Innere leiten, per Schlauch durch das Fenster. Den Spalt mit Frotteetüchern ausstopfen, damit keine Frischluft hereinkommt. Für meinen Sohn vorher Schlaftabletten, damit er nichts merkt. Für mich noch zusätzlich Alkohol. Das war der Plan."

Aber es gab auch die Angst – was, wenn man uns zu früh findet? Der kleine Körper verträgt viel weniger als meiner. Was, wenn der Kleine dann tot ist und ich nicht? Dann müsste ich mit dieser Schuld weiter leben. Diese Angst bremste mich dann doch aus.

Ich schaute im Branchenbuch nach Beratungsstellen und telefonierte herum, dabei wurde mir die Opferberatung empfohlen. Dort rief ich zwar an, fragte aber sehr vorsichtig, ob die für vergleichsweise harmlose Fälle wie meinen überhaupt zuständig seien. Ich hatte wirklich starke Hemmungen und Skrupel, dort als Opfer aufzutreten! Andere Frauen wurden als Kind vergewaltigt, geschlagen, bedroht. All das war mir nicht passiert, mit welchem Recht konnte ich mich als Opfer sehen? Zwar ganz sicher keine „Affäre", aber als Opfer, das kostenlose Hilfe von der Stadt Hamburg beanspruchen kann? Das fiel mir unendlich schwer!

Zum Glück geriet ich gleich am Telefon an Uta, meine künftige Therapeutin. Sie vermittelte mir, dass ich sehr wohl das Recht auf diese kostenlose Hilfe hätte und zu ihr kommen solle, schnell.

Also ging ich dorthin.

Und dann war es ganz unglaublich.

Ich durfte weinen. All die Tränen, die ich mir in Kindheit und Jugend verbissen hatte, kamen raus. Literweise, ich hätte Badewannen damit füllen können! Zuerst versuchte ich noch automatisch, das Weinen zu unterdrücken, dachte, ich würde sonst nie wieder aufhören können... es war aber wie eine Naturkatastrophe, eine Sintflut. Nicht mehr länger zurückzuhalten!

Auch unglaublich und unerwartet: Mir wurde geglaubt, nichts wurde angezweifelt oder verharmlost. Immer wieder wurde mir gesagt, dass meine Entwicklung normal wäre angesichts der unnormalen Kindheit. Dass andere Frauen sich auch so fühlen und verhalten. Dass ich es allein nicht bewältigen kann und muss! Dass ich ab jetzt Hilfe bekäme, von jemandem, der total meine

Partei ergreift und dass ich absolut frei sei von Schuld oder Verantwortung. Fremde Gedanken, aber irgendwie schön. Nein, sogar PHANTASTISCH!

Es war trotzdem auch hart, denn ich hätte am liebsten jegliche Verantwortung abgegeben. Krankgeschrieben werden, nicht arbeiten und nicht funktionieren müssen, am liebsten nur reden und weinen und schlafen, wann immer mir danach wäre. Aber Uta schubste mich in meinen Alltag zurück – allerdings mit ihr im Hintergrund. Zuerst dachte ich, das würde ich nicht schaffen, aber ich schaffte es! Und sie war und blieb als Helferin verfügbar, zumindest an einem Tag der Woche. Sie nannte es eine Krise, die es anzunehmen und zu überwinden galt. So definierte sich auch diese Beratungsstelle, als Krisenhelfer. Eine richtige Therapie umfasste das Angebot leider nicht.

Über die Krankenkasse bekam ich eine Liste von Therapeuten, musste dafür allerdings einen Fragebogen ausfüllen für Unfallgeschädigte. Dort sollte man den Verursacher angeben, damit ggf. man sich dort die Behandlungskosten zurückholen konnte. Ich fand das unsäglich, denn mein „Coming-out" hatte ja noch gar nicht stattgefunden, wie sollte ich dann meinen Vater als Schadensverursacher angeben können?

Irgendwie ging es dann auch ohne diese Angabe, und ich landete für kurze Zeit bei Christine. Eine Frau, die sehr erfahren war im Umgang mit Missbrauchsfällen.

Die Kasse übernahm die Hälfte der Kosten, 60 Mark pro Sitzung musste ich selbst bezahlen. Das war nicht das Problem, inzwischen verdiente ich ja sehr gut. Aber ihre – bestimmt anderweitig bewährte – Art, mich aufbauen zu wollen, funktionierte nicht. Sie sagte mir immer wieder, wie viel Kraft und Stärke ich bewiesen hätte, dass diese Krise erst mit 30 Jahren auftrat und ich so lange vorher hatte funktionieren können. „Du bist stark" – dabei fühlte ich mich unendlich klein und schwach und hilflos. Mir kam es so vor, dass dafür in unseren Gesprächen kein Raum war! Wofür brauchte ich dann eine Therapie, wenn ich lediglich „besprochen werde wie eine Warze"?! Lasse ich es lieber bleiben und spare das viele Geld...

Aber bereits einige Wochen später fügte es sich, dass Uta eine eigene Praxis eröffnete. Ohne Krankenkassen-Zulassung, ohne Zuzahlung. Die Stunde kostete aber ebenfalls nur 60 Mark insgesamt, also für mich eine unveränderte Zahlung, dafür mit mehr Effektivität! Wir begannen meine Therapie.

Vordringliches Thema wurde schnell die Frage, ob und wie ich es meiner Mutter sage. Ich fand es notwendig, hatte aber auch höllische Angst davor. Wie würde sie reagieren?

Neulich fand ich mal meine Notizzettel aus der Zeit – ich war in völliger Aufgescheuchtheit, habe versucht, alle Reaktionsmöglichkeiten durchzuspielen. Für möglich hielt ich alles, von Verständnis über Schuldzuweisung bis hin zu blankem Hass. Was würde mich erwarten? Andererseits entwickelte ich langsam das Gefühl (dank Uta!), dass ich auch für mich das Recht hätte, meine Mutter zu diesem Thema in Anspruch zu nehmen. Mich zu erleichtern und die Verantwortung an meine Eltern zurück zu geben, wo sie hingehörte. Die Verantwortung für deren Ehe oder Trennung, die Verantwortung für die eventuelle Gefahr, die von meinem Vater für andere Kinder ausging – und die Verantwortung für meine Scheiß-Kindheit.

> Es war mir klar, dass dies nur mein Hintergrund für das Coming-Out sein konnte, um mich zu trauen – ich konnte es nicht verwenden, damit es nicht als Angriff ankommt. Sonst würde ich lediglich eine Verteidigungs-Haltung provozieren! Nun wird mir plötzlich klar, was Uta meinte, als sie mal zu mir sagte „Es ist auffallend, dass du immer mehr ein- als ausatmest!". Damals konnte ich mit der Aussage nichts anfangen, jetzt ist es klar – ich behalte möglichst viel für mich, nicht nur den Atem, auch Gedanken und Gefühle. Nach innen leben eben…

Welche Lawine ich aber tatsächlich lostreten würde, sah ich nicht voraus. Das überstieg meine Phantasie… (obwohl ich ja eigentlich sehr gut bin im Ausmalen von Horror-Szenarien)

Ich sammelte also all meinen Mut zusammen, aber für ein Gespräch Auge in Auge reichte es nicht. Ich habe dann meinem Vater einen Brief geschrieben, den ich für meine Mutter fotokopierte. Ihm habe ich den Brief nur hingelegt, meine Mutter habe ich ihn in meinem Beisein lesen lassen – zitternd und mit angehaltenem Atem erwartete ich ihre Reaktion.

In dem Brief formulierte ich die Anklage des Missbrauchs, deutete die weitreichenden Folgen für mich an und forderte ihn auf, sich endlich in ärztliche Behandlung zu begeben, damit wenigstens alle anderen Kinder sicher vor ihm wären.

Wenn auch heute noch viele Leute aus meinem Umfeld anzweifeln, dass meine Mutter es bis dahin nicht gewusst hatte - ich war und bin mir dessen absolut sicher! Zum einen, weil sie es sonst im Laufe ihrer vielen Machtgerangel todsicher gegen ihn verwendet hätte, zum anderen weil ich ja ihre Reaktion auf meinen Brief sah – sie war völlig entsetzt, schockiert, fassungslos. Ganz spontan nahm sie mich in den Arm, aber leider nur kurz. Dann machte sie mir natürlich den Vorwurf, dass ich so lange nichts gesagt hatte. Ich sagte dazu nur, dass ich es nicht gekonnt hatte, und dass dieses Verhalten normal sei für missbrauchte Kinder. Bot ihr ein Gespräch mit meiner Therapeutin an, weil ich das Bedürfnis nach einer „Anwältin" hatte, die es ihr viel besser erklären könnte. Aber sie wollte mit ihrer Schwester Reni reden, also fuhr ich sie zu ihr.

Tante Reni war nicht etwa über meinen Vater entsetzt, sondern über mich! Sie machte mir voller Unverständnis massive Vorwürfe. Ich war die Schuldige! Dann noch ein wenig Verhör, das Verlangen präziser Zeit- und Situations-Angaben – was ich natürlich nicht konnte. Ha, unglaubwürdig! Welch ein Triumph für die beiden!!

Meine Mutter machte daraufhin ganz schnell den Schwenk zum Opfer... und hyperventilierte. Also Krankenwagen gerufen. Ich raste mit meinem VW-Käfer hinterher, auch über die roten Ampeln. Bloß dranbleiben, denn ich wusste ja nicht, in welches Krankenhaus sie fuhren!

Letzten Endes ließ man sie in eine Plastiktüte atmen, checkte ihren Allgemeinzustand (und der war verdammt noch mal besser als meiner!) und gab sie mir mit nach Hause.

Als ich sie zur Wohnung meiner Eltern brachte, war der Alte nicht da. Hatte den Brief geschnappt und war abgehauen. Sie wurde gleich wieder hysterisch und meinte, er würde sich nun umbringen – durch meine Schuld natürlich, sagte sie. Sie schickte mich nach Hause und ergab sich in ihr Leid.

Jetzt sehe ich das mit Abstand, Kritik und einer gewissen Verachtung, damals zog ich mir diesen Schuh noch an. Aber er kniff, passte nicht so recht.

Als ich am nächsten Tag nach ihr sah, war mein Vater noch nicht wieder aufgetaucht. War auch nicht zur Arbeit gegangen! Meine Mutter auch nicht, ich aber ja.

Zwei oder drei Tage war er weg, ich fragte bei Polizei und Krankenhäusern nach – nichts. Kein Unfall, kein Selbstmord. Meine Mutter machte es wie immer, ab ins Bett, Decke über den Kopf und ihre Depressionen pflegen. Ich sollte und musste mich kümmern. Ach ja, ich war ja schließlich der Verursacher und die beiden die Opfer! Wie konnte ich das übersehen?!

Dass er wieder auftauchte, erfuhr ich auf Nachfrage per Telefon (er hatte sich in den Wohnwagen auf ihrem Campingplatz verkrochen), und dann redeten die beiden erst mal allein darüber. Auf meine erneute Nachfrage, ob er denn nun zum Arzt ginge, kam dann heraus, dass er es vollständig abgewiegelt und verharmlost hatte und sie verlangte, ich solle „doch endlich Ruhe geben, es sei doch nun mal genug!". Jawoll, es ging hier um Tage. Nicht etwa um Wochen, Monate, Jahre die sich aneinander reihen, wie ich es leidvoll erlebt hatte!!! Sie vermittelten mir das Gefühl, ich stünde einer harmonisch einigen Front gegenüber, die auch bedenkenlos gemeinsam meine Einweisung in die Klappse unterschrieben hätte, um Ruhe vor meinen unzumutbaren Forderungen zu haben! Meine Eltern versöhnten sich also. Und ich war die Böse, hatte übertrieben und aufgebauscht. Typisch für mich und meine dramatische Ader.

In den folgenden Wochen blockte meine Mutter den Kontakt zu mir ab. Das war vor allem für meinen 5-jährigen Sohn bitter, denn er verstand ja nicht, worum es ging. Er weinte oft, wenn ich ihn abends ins Bett brachte, fragte nach Oma und Opa, die er ja vorher sehr regelmäßig sah. Seine kleine Welt stürzte ein. Er heulte mir entgegen „Meine Oma hat mich doch sooo geliebt, bestimmt ist sie tot, und du sagst es mir nur nicht!". Oh ja, zu mir hatte sie auf ihre bewährte taktvolle Art auch mal gesagt, mein Sohn sei der erste und einzige Mensch in ihrem Leben, den sie wirklich liebe. Das bewies sie ja nun! Ich wäre bereit gewesen, im Interesse des Kleinen eine beherrschte Kinds-Übergabe auf Small-talk-Ebene zu vollziehen. Aber diese Art der Zurücknahme eigener Bedürfnisse und Ressentiments war ihr „bei aller Liebe" nicht möglich!

> Ich wurde also abgehakt, mein Sohn gleich mit. Und auch für ihn hatte ich, auf eine diffus empfundene Weise, die Schuld daran. Ich ließ es so im Raum stehen, er war ja noch zu klein für Erklärungen.

Der Rest unserer großen Familie – acht Geschwister meiner Mutter, zwei meines Vaters – entschied sich dafür, mit allen Beteiligten gut Freund bleiben zu wollen. Also bloß nicht Stellung beziehen oder Partei ergreifen! Am meisten traf mich diese Art und Weise, damit umzugehen, bei meinem Onkel Armin. Er war ja mein selbst ausgesuchter Papa-Ersatz, ein großer Teddy-Bär-

Typ mit viel Herz für Kinder (eigentlich). Früher hatte ich die Angst, wenn er es wüsste, würde er seinen Bruder töten. Ha, ha, ha – keine Gefahr, er hatte ja inzwischen eine eigene Familie und letztes Endes interessierte es ihn nicht wirklich... und war ja auch so lange her! Wie angenehm bequem und einfach, dass ich mich daraufhin gekränkt, verletzt und im Stich gelassen von allen zurückzog.

Trotzdem bekam ich am Rande mit, dass meine Eltern sich einige Zeit später doch noch trennten. Ich bin mir allerdings sicher, dass nicht der Missbrauch zwischen ihnen stand, sondern dass er sich einfach weigerte, ihr dafür Macht-Punkte abzutreten! Er war wohl nicht „unterwürfig" genug. Und da sich – unverständlicherweise? - auch sexuell nichts änderte/besserte, hat sie ihn wieder betrogen – bestimmt mit der Maßgabe, dass ein Treue-Verlangen ihm nicht zustand! (Was ich eigentlich ja auch so sehe.)

In der Therapie bei Uta wurde hauptsächlich dieses ganze Drama thematisiert, wir verloren uns ein wenig im Alltags-Wust. Und ich wurde endlich wütend! Die Wut auf meine Mutter und die ganze Familie stieg unaufhaltsam in mir hoch, schlug mir über dem Kopf zusammen, überdeckte alles.

Mein Vater hatte mich nicht mehr enttäuschen können, ich sah ihn schon lange als schwach, feige, doof im Sinne von dumm, und als krank an.

Ihn hatte ich schon als Kind abgehakt. Aber meine Mutter, über die hatte ich mir bis zuletzt Illusionen gemacht. Und die waren nun zerplatzt!

Ich hatte brutale Träume: Ich traf auf meine Mutter, redete verzweifelt auf sie ein, schrie sie dann an und kämpfe sie schließlich nieder, saß auf ihr und schlug ihren Kopf immer wieder - schreiend, sie an den Haaren haltend - mit aller Kraft auf den Boden!

Im wirklichen Leben wäre ich zu so etwas gar nicht fähig, aber Uta meinte, ich versuche im Traum doch „nur", Verständnis in ihren Kopf zu prügeln „wenn es anders nicht in ihren Schädel geht". Ich war entsetzt über mich. Uta relativierte das Ganze. Sie war wirklich unverrückbar auf meiner Seite, nahm Partei für mich.

Es folgte eine lange Phase ohne Selbstmord-Gedanken. Die Bunten bekamen Oberwasser und stürzten sich wieder auf den Job, die Karriere (während der Therapie hatte die Weiße überwiegend dafür gesorgt, dass alles im Büro weiter lief. Was für ein Kraft-Akt! Wie hat sie das nur geschafft?! Es hat wirklich niemand gemerkt, was mit mir los war. Christine, die von mir verschmähte Therapeutin, hatte Recht gehabt – ich war stark!). Für die Wut war nun auch die Weiße zuständig. Die Schwarze war erst mal zum Schweigen gebracht und hatte sich ausgeheult.

Die nächsten 16 Jahre hatte ich keinen Kontakt zu meiner Mutter. Meist vermied ich es, an sie zu denken. Aber wenn, dann war ich WÜTEND. Schrille, knallrote Wut. Hilflos, ohnmächtig. Leider hörte ich auch ab und zu durch eine Cousine von ihr, fand also immer neue Nahrung für diese Wut. Zum Beispiel, als sie dann eine lange Kur machte und sich psychologisch als Opfer behandeln ließ. Auf die Psychologen, die sich evtl. ebenso rückhaltlos auf ihre Seite stellten wie Uta es bei mir getan hatte, war ich auch stinkwütend! Die hätten die Gelegenheit gehabt, ihr den Kopf zurechtzurücken, aber keiner half mir – so war mein Empfinden.

Doch. Uta half mir und stand mir bei. (Für insgesamt fast 3.000 DM habe ich ausgelöffelt, was andere mir eingebrockt hatten. Das fand ich schon sehr unfair!)

Aber je mehr die Bunten wieder auftauchten, desto weniger fand ich die Therapie noch notwendig und hilfreich. Wir waren dem wirklichen Problem ja auch noch nicht auf die Schliche gekommen – für mich fühlte es sich so an, als hätte Uta „mich nicht geknackt", wir hatten keine Ahnung in Richtung manisch-depressiv. Ich hatte einfach eine schlimme Krise überwunden und würde viele Narben davontragen.

Niemand kann an den Punkt 0 zurückgeführt werden und sich ab dann normal entwickeln, es ist unwiderruflich zu spät. Verhaltensänderungen JA, in der Vergangenheit Erlebtes und Erlittenes ungeschehen machen NEIN.

Wir hatten die Therapie mit wöchentlichen Terminen begonnen, dann gab es eine Übergangszeit mit 14-tägigen Treffen – nach 1 ½ Jahren beendete Uta die Therapie, vielleicht weil die Bunten ihr Überdruss und Interesselosigkeit vermittelten. (Die Weiße war darüber verwirrt, die Schwarze fühlte sich abgelehnt und zurückgestoßen.)

1988 hatte ich den Missbrauch thematisiert und meine Mutter verloren – hatte ich vorher eine gehabt?

Es war 1989, als ich zur Tagesordnung zurückkehrte. Mit vielen neuen Einsichten. Mit dem Vorsatz, mehr auf meine Gefühle zu achten und weniger kopfgesteuert zu leben.

Während und nach der Therapie definierte ich mein Problem so: Es gab keine Verbindung zwischen meinem Kopf, also Verstand, und meinem Bauch, dem Gefühl. Ich ließ immer den Kopf dominieren. Bis auf die Situationen, in denen ich nach reiflichen Überlegungen zu vernünftigen Entscheidungen kam, dann aber überraschend (auch für mich selbst unverhofft!) das Gegenteil tat. Mein Resümee war, dass ich meinen Gefühlen mehr Raum geben müsse. Dass es die Schwarze und die Bunten gab, sehr gefühlsintensive Teile von mir, ahnte ich noch lange nicht. Und von einer friedlichen Koexistenz aller war ich noch Lichtjahre entfernt.

Ich begann, mich um mich selbst zu kümmern. Und ich fand, ich machte es richtig! Nach langem Schweigen und Selbstverleugnung nun endlich alles anders, besser. Das war es, was ich als Weiße mir sagte.

Doch irgendjemand, irgendetwas war anderer Meinung zu diesem Thema. Denn zu jener Zeit begann ein Tumor in meinem Kopf zu wachsen. Das kommt mir ebenso logisch wie auch unlogisch vor! Der Tumor saß auf der rechten Seite des Kopfes, der Gefühlsseite (Sprachzentrum etc. befinden sich links).

Das war da aber noch nicht die Frage, denn er ließ sich 10 Jahre Zeit, bevor er sich bemerkbar machte.

ES WAREN 10 GUTE JAHRE!

V Ein Gehirn-Tumor

Die Vertreibung – nicht grad aus dem
Paradies, aber aus meinem vermeintlich
sicheren Rückzugsort.

Meist merkt man ja erst im Nachhinein, wie gut man es hatte. Hinterher weiß man ganz genau, welches die beste Zeit des Lebens war – mittendrin weiß man es aber oft gar nicht zu schätzen.

Ich glaube, ich wusste es aber. Nach der Therapie kamen wirklich annähernd 10 gute Jahre, in denen mit dem beruflichen Erfolg das Selbstvertrauen wuchs. Sogar als Frau fühlte ich mich ziemlich gut! Viele Männer halfen mir dabei, aber das fand ich auch ok. Schließlich hatte ich mich in meiner Jugend nicht „ausgetobt", zwischen 30 und 40 holte ich es nach.

(Für jedes Lebensjahr einen Mann, so ungefähr. Na und? Das war eindeutig meine bunte Zeit!)

Dieses Kapitel soll aber überwiegend von der Weißen erzählt werden:

Nachdem ich es endlich aufgegeben hatte, mein lockiges, rotes Haar in glatt und braun „umzumodeln", fühlte ich mich ganz wohl damit! Ich war recht schlank und ansehnlich. Mein Kleidungsstil wurde sicherer, mit einer Jeans, Pumps und Blazer war ich immer gut angezogen, weiblich und dabei leicht sportlich-lässig. Ein schulterlanger Wuschelkopf, kaum Schminke – es war okay. (OK ist für die Weiße schon ein wahnsinnig positives Urteil, mehr geht kaum!)

Über den Job lernte ich meine Freundin Anja kennen, und sie tat mir so gut wie niemand vorher. Ihr Einfluss auf mein Leben war allumfassend positiv. Wir hatten unendlich viel Spaß, ohne dabei ins Oberflächliche abzugleiten. Viele wundervolle, ernsthafte Gespräche und doch auch immer wieder hemmungsloses Gelächter – das tat so gut! Beide waren wir Single und hatten also die Gelegenheit, viel Zeit miteinander zu verbringen. Am Samstagmorgen auf den Wochenmarkt, hinterher frühstücken gehen und mittags gegen 14 Uhr zwei oder drei Tequilas in den Kopf, dann gingen wir beschwingt und kichernd nach Hause, um uns eventuell abends wieder zu treffen. Wir waren nicht grad von Minderwertigkeits-Komplexen zerfressen, aber wir wussten auch immer, dass es tollere Frauen als uns gab. Wenn wir ausgingen, beobachteten wir die Menschen um uns herum. Und manchmal, wenn wir „punkten" konnten, sagte Anja in ihrer unnachahmlichen Art zu mir: „Schau dir das an – wir sind jung, wir sind schlank, wir sind schön!". Das hatte auch nichts Gemeines an sich, wir rechneten ebenso damit, anderen Frauen auf die gleiche Weise zu einem guten Gefühl zu verhelfen, wenn sie sich mit uns verglichen!

Anja war meine Familie. Wir haben unglaublich viele schöne Erlebnisse gehabt: Kurztrips nach Amsterdam und London, Ferien in Sousse/Tunesien, Ski-Urlaub in Österreich für meinen Sohn – die Fotos aus dieser Zeit sprechen für sich, pralle Lebensfreude ist erkennbar.

Mein Sohn war in jener Zeit auf einem Internat in Schleswig-Holstein und kam jedes 2. Wochenende nach Hause. So hatte ich das gute Gefühl, dass er bzw. seine schulische Laufbahn nicht unter meinem beruflichen Engagement zu leiden hatten (hat mich auch 860 Mark jeden Monat gekostet, aber das war es mir wert!). Ich hatte Zeit für mich und genug Geld – mit 4.600 Mark netto im Monat lebte es sich sehr nett! Es war auch die einzige Zeit meines Lebens, in der ich 11 Jahre lang nicht umzog, immer in derselben Wohnung blieb. Okay, mein Zimmer veränderte sich einige Male massiv – von der dunkelroten Höhle mit alten, dunklen Eichenmöbeln im Antik-Touch zum gelben Sonnenzimmer mit modernen weißen Möbeln zum Beispiel… die Bunten gaben sich damit zufrieden, welch ein Glück.

Putzigerweise trafen Anja und ich zur gleichen Zeit, wenn auch ein paar hundert Kilometer voneinander entfernt – ich im Harz, sie in Hamburg – unsere „Männer fürs Leben/die großen Lieben".

Meine große Liebe war leider (natürlich wieder(?), wie auch der Vater meines Sohnes) verheiratet. Aber es war trotzdem wundervoll! Nie zuvor und auch hinterher nie wieder gab es ein so sicheres, verlässliches Gefühl zu lieben und geliebt zu werden! Auch er war, wie Walter, 14 Jahre älter als ich – ich wurde in dem Jahr 36, er ein halbes Jahr später 50 Jahre alt. Wir hatten sieben Wochen ganz intensiv und ausschließlich, dann mussten wir beide in unser jeweiliges Umfeld zurück (man ahnt es schon, wir lernten uns während einer Kur kennen). Obwohl uns klar war, dass danach Schluss sein musste, wollte Axel es nicht akzeptieren und unsere Beziehung fortführen. Da er sehr hartnäckig insistierte, blieb auch ich nicht standhaft und ließ mich darauf ein. Also telefonierten wir häufig und sahen uns selten. Trafen uns ab und zu in der Mitte, Raum Soltau, und hatten dort ein romantisches Cafe/Teehaus als Treffpunkt. Mit 36 Jahren hatte ich erstmalig in meinem Leben Sex im Auto! Aber nur bei Regen, sonst gingen wir in die freie Natur...

Ich weiß nicht, welche Lügen Axel erfinden musste, um diese Treffen möglich zu machen. Und die Tatsache, dass sein Eheleben nebenher unauffällig weiterlief, blendete ich möglichst aus – Eifersucht kann man sich als Geliebte nicht leisten.

Ein halbes Jahr später bekam seine Frau es heraus, weil wir ja tagsüber telefonierten und sie mal einen Beleg über private Telefonate bei seiner Gehaltsabrechnung fand, immer die gleiche Hamburger Telefon-Nummer. Sie rief mich an und inszenierte ein Drama – es zählte für sie nur der Betrug, nicht die vorherigen 26 Jahre Treue. Ich habe die Schuld auf mich genommen – psychisch kranke Frau, die ihren Mann zu Mitleid gerührt hat. Log für ihn, dass sich die Balken bogen. Mein letzter Liebes-Beweis. Denn dann war Schluss, er konnte und wollte seine Ehe nicht wirklich aufs Spiel setzen. Das war bitter, aber verständlich für mich. Obwohl ich es grausam fand, wie sie ihn dafür büßen ließ! In ihrer rigiden Art erinnerte sie mich sehr an meine Mutter.

Jedenfalls rief sie mich in den folgenden 2 Jahren immer mal wieder an, um mich zu beschimpfen. Ich nahm es hin, war ja selbst schuld. Ist ja auch ein Super-Gau für eine Frau um 50, mit einer Jüngeren betrogen zu werden.

Wenn ich auch dachte, ohne ihn eigentlich nicht leben zu wollen – umbringen wollte ich mich nicht! Meine neue Strategie war es, mir ein „Gegengift" zu suchen. Ich schlief also mit anderen Männern, holte mir Trost, Ablenkung und Bestätigung. Es funktionierte.

Bis ich an einen Psychopathen geriet – Torsten. 12 Jahre jünger als ich und krankhaft eifersüchtig. Auf alles und jeden, sogar auf meine Vergangenheit. Ich versuchte, ihm klar zu machen, dass meine Vergangenheit mich zu der Person geformt hatte, die er jetzt angeblich liebte. Aber ich musste feststellen und ihm sagen, dass es keine Liebe von ihm sein könne, wenn er mich doch nicht einmal m a g ! Es war mir klar, dass so viel Eifersucht von großer eigener Unsicherheit zeugt – und es machte ihn rasend, wenn ich ihm vorwarf, diese Probleme mitgebracht zu haben. Ich lehnte es ab, mich und mein Verhalten als Ursache zu sehen! Es kam mir vor, als verlange er von mir, „allen anderen Göttern abzuschwören". Ich sollte meine Vergangenheit bereuen? NÖ! Ich war vor seiner Zeit Single und frei, konnte tun, was ich wollte, und tat es damals auch. Er hingegen hatte seine Freundinnen und seine Ehefrau immer wieder belogen und betrogen – was wollte der eigentlich von mir?! Mich bekehren, umkrempeln, verändern, fertig machen. Und ich wollte unbedingt, dass er einsah, wie falsch sein Standpunkt war. Wir trennten uns nicht, sondern rieben uns auf. Die Situation eskalierte immer öfter, er wurde gewalttätig – ich wurde ängstlich und panisch. Aber keiner gab nach! Und ich muss zu meiner Schande gestehen, dass es bei allem Stress und Ärger die beste sexuelle Beziehung war, die ich je hatte.

> Wie konnte ich mit ihm schlafen, nachdem wir uns vorher fast zerfleischt hatten? Wie konnte ich immer mehr Angst vor ihm entwickeln und dann doch wieder entspannt mit ihm zusammen sein? Ich weiß es nicht, vielleicht teilten sich die Schwarze, die Weiße und die Bunten „den Job"? Der Sex für die Bunten, die Streit-Gespräche für die Weiße, die Angst für die Schwarze… vielleicht wieder alle Wahrnehmungen vorhanden, aber nie zur gleichen Zeit.

Es war jedenfalls fatal, ausgerechnet einen solchen Partner an der Seite bzw. im Nacken zu haben, als der Tumor sich bemerkbar machte.

Wir waren gemeinsam in eine neue Wohnung gezogen (in der anderen hatte ich ja ohne ihn gute Zeiten und andere Männer gehabt, das ging für ihn also nicht!), und es begann mit häufigen Kopfschmerzen. Ich dachte, die chemischen Rückstände der Teppichboden-Reinigung vor unserem Einzug würden die Kopfschmerzen verursachen. Aber die Schmerzen hielten an, und es kamen Sehstörungen hinzu. Manchmal konnte ich, insbesondere auf dem rechten Auge, nicht gut sehen, hatte kleine blinde Flecken, Ausfälle im Gesichtsfeld. Nach einem halben Jahr ging ich zur Augenärztin, mit banger Angst – hoffentlich ist es nicht irgend so ein Star, den man operieren muss!

Die Ärztin zeigte sich sehr unzufrieden mit den Untersuchungs-Ergebnissen. Als ich fragte, was es sein könne, sagte sie „Ein Tumor im Gehirn, das muss durch eine Computer-Tomographie abgeklärt werden". Ich fühlte mich, als hätte ich eine Bratpfanne vor den Schädel gehauen bekommen, verließ die Praxis mit meinem Überweisungsschein – und dann dämmerte es mir… „Die werden mir meinen Kopf rasieren, mir meine Haare klauen!". Kein Raum für Angst vorm Sterben, nur die drohende „Verstümmelung". Ich weinte schon mal vorab um meine Haare, mein Frausein?

Innerhalb weniger Tage hatte ich einen Röntgen-Termin mit unmittelbarer Nachbesprechung. Der Röntgen-Arzt teilte mir mit, dass ich einen großen Tumor hatte, ein Keilbein-Meningeom, mit einem verkalkten Kern. Dies deutete auf ein Alter des Tumors von ca. 10 Jahren hin, über die er langsam gewachsen sei. Und das sei ein gutes Zeichen, weil er daher sehr wahrscheinlich nicht bösartig sei! In jedem Fall müsse ich sehr schnell operiert werden, da raumgreifende Objekte im Kopf den Innendruck erhöhen, was gefährlich sei.

Aber mir ging es doch soweit gut, nur Sehstörungen und Kopfschmerzen! Was sollte die Panik? Ich hatte ganz andere Probleme – meine Haare!

Ich wurde zurück zur Augenärztin geschickt, und von ihr aus zu einem Neurologen. Zum Glück war er nicht so eine Knalltüte wie der damalige selbsternannte Gesprächstherapeut, sondern ein kompetenter Arzt. Aber auch er machte in Panik, pumpte mich sofort mit Cortison voll, damit die Schwellung im Kopf zurückging und riet mir, mich zu schonen. Keine körperliche und psychische Anstrengung bis zur OP. Als Voruntersuchung wurde mir eine Angiographie (oder so) angekündigt, wobei durch die Schlagader in der Leiste ein Schlauch über das Herz bis hinauf in den Kopf geführt werden sollte – das empfand ich bedrohlicher als die OP selbst. Aber immerhin, dafür mussten die Haare noch nicht ab.

Es war tolles Wetter draußen, also schwang ich mich erst mal auf meinen Motorroller und fuhr an die Alster, um ein Eis zu essen – Cortison macht gierig nach Essen und (wenn auch nicht bewusst eingestandene Todes-) Angst macht gierig nach schönen Erlebnissen. Der Neurologe fand mein Tun gefährlich und beunruhigend, ich fand sein Reden aufbauschend und panikmachend.

Zu dem Problempunkt „meine Haare!" kam nun ein weiterer hinzu – wieso war dieser Tumor aufgetaucht und fing an zu wachsen, gerade als ich begonnen hatte, alles richtig zu machen?! Vor 10 Jahren hatte ich den Missbrauch thematisiert und angefangen, mich um mich und meine Psyche zu kümmern – ich hatte alles geändert, verbessert – wieso reichte nie, was ich tat ? Was hatte ich denn noch falsch gemacht? WAS WILL DAS LEBEN MIR DAMIT SAGEN ?

Ich konnte es nicht verstehen, wofür wurde ich bestraft? Um welche Einsichten sollte es jetzt noch gehen? Was soll ich daraus nun wieder lernen? WANN DARF ICH AUFHÖREN, MICH SO SEHR ANZUSTRENGEN?

In dem Moment war mir nicht bewusst, dass ich die letzten 10 Jahre mehr gelebt als mich angestrengt hatte – ich knüpfte gefühlsmäßig nahtlos an die damalige Zeit der Psycho-Therapie an, beziehungsweise an die langen Jahre davor. Die guten Jahre waren in den Hintergrund gerückt, es zählte die letzte anstrengende Zeit mit Torsten und die qualvollen Jahre bis zu meinem Zusammenbruch damals. Undankbar? Oder ein sehr präsentes Schmerz-Gedächtnis…

Es war mir zu dem Zeitpunkt auch noch nicht bewusst, dass sich vielleicht doch nicht sooo viel geändert hatte – Kopf und Bauch, also Verstand und Gefühl, waren immer noch nicht im Einklang oder in guter Verbindung. Nach wie vor war alles aufgeteilt in schwarz-weiß-bunt. Nach wie vor war die Weiße die Hauptperson „zwischen den Zuständen" und ihr oblag die Verstandesebene. Nach wie vor wurde die Schwarze so oft und weit wie möglich zurückgedrängt, sie hatte mit der Therapie ihr Recht bekommen und sollte nun wieder Ruhe geben. Das sehe ich jetzt so klar, zu der Zeit noch nicht.

Welche Gedanken und Gefühle auch auftauchten, ich gab ihnen nicht viel Raum. Es musste viel organisiert werden vor meinem Krankenhausaufenthalt. Wenn ich auch nicht daran glaubte, dass es so einträfe - es musste dennoch geklärt werden, wer sich um mein Kind kümmern würde, falls ich stürbe. Die Großeltern kamen ja nicht infrage, Torsten schon mal gar nicht, blieb also nur Walter, der Vater meines Sohnes. Keine ideale Lösung, wegen des Trinkens, aber besser als keine. Er war ja auch inzwischen wieder verheiratet, mit einer ehemaligen Freundin von mir – sie hatte ein gleichaltriges Mädchen und würde hoffentlich auf beide Kinder gut achten.

In welches Krankenhaus sollte ich gehen? Wer nähme den Hund in Pflege?

Und das Thema Finanzen – ich hatte wieder ein schlechtes Timing, hatte mich ½ Jahr zuvor grad als Werbefrau für Konzeption und Text selbständig gemacht. Das bedeutete bei Krankheit einen Verdienstausfall von 100%, ich musste zum Sozialamt gehen, damit die laufenden Kosten gesichert waren. Kein leichter Gang, nachdem ich vor der Selbständigkeit noch richtig gut verdient hatte. Aber es musste sein, also los. Mein Sachbearbeiter war ein sehr freundlicher und menschlich handelnder Mann, die Grundsicherung war erst einmal gewährleistet, und ich konnte mich operieren lassen.

Wenn ich auch keine konkrete Todesangst zuließ – andere Ängste bahnten sich nachts ihren Weg! Ich bekam Schlafstörungen, war jede Nacht, meistens so ab ca. 1 Uhr, für mindestens 1 bis 3 Stunden wach.

Die wollten in meinen Kopf eindringen, ihn aufsägen und aufklappen – sich Zutritt verschaffen zu meinem Zentrum, dem Sitz meines Selbst! Wenn ich auch nicht grad konkret befürchtete, sie könnten dann meine Gedanken lesen, ich fühlte mich bedroht, meines Rückzugsortes beraubt!

Diese Schlafstörungen bin ich seitdem nie wieder ganz losgeworden (nur phasenweise). Es ist nicht unbedingt eine Zeit für intellektuelle Gedanken, mehr für ängstliche Gefühle, die tagsüber keinen Raum bekommen...obwohl ich dann nicht immer grüble, sondern oft einfach nur wach bin und nicht mehr einschlafen kann. Lange Jahre habe ich in der Zeit gelesen oder ferngesehen – heute schreibe ich nachts manchmal an diesem Buch. Es wurde in einer solchen Nacht begonnen.

Im Vorgespräch sagte mir der Arzt, dass die Chance 50:50 sei, meine Sehkraft auf dem rechten Auge zu verlieren, weil der Tumor sehr nah am Sehnerv saß. Auch diese Prognose habe ich irgendwie ausgeblendet. Meine Psyche scheint wunderbar zu funktionieren, ich hatte nichts als den Verlust meiner Haare im Sinn – welch ein traumhafter Selbstschutz.

Außerdem wurde mir versprochen, dass ich nach der OP gegen die Schmerzen ein Opiat bekäme, um alles so schonend wie möglich abzuhandeln. Das war doch mal ein Wort!

Hätte ich geahnt, was alles auf mich zukam, hätte ich mir ein Auto und etwas Geld geliehen, wäre nach Rom gefahren und hätte mich auf die spanische Treppe gesetzt – mitten ins pralle Leben, aber nur als Beobachter. Ohne die Cortison-Tabletten hätte ich dort nicht lange warten müssen, ich wäre bald still umgekippt – Koma und dann Tod, ohne noch viel davon mitzubekommen. Diese schöne und einfache Möglichkeit versäumt zu haben, hat mich oft gereut.

Aber was hätte ich andererseits für schöne spätere Erlebnisse versäumt, wenn ich gestorben wäre?!?!

Ich ging also ins Krankenhaus, und dann passierte erst mal tagelang nichts. Zuhause lief es nicht gut, Torsten kümmerte sich nicht vernünftig um meinen Sohn – der hätte fast die Bude abgefackelt, als er sich eine Pizza machen wollte und dabei einschlief. Die Küche war schon recht qualmig, als Torsten irgendwann nach Hause kam.

Das war ja nun alles andere als beruhigend, also fand ich ein Verbleiben über das bevorstehende Wochenende, wo ja erst recht nichts in Sachen Behandlung und OP-Vorbereitung passieren würde, absolut sinnlos. Ich ließ mich bis Montag beurlauben und fuhr nach Hause. Dort tobte dann mal wieder das Chaos mit Torsten, so dass ich nicht wieder pünktlich in die Klinik zurückfuhr.

Aufschub. Neues Krankenhaus aussuchen, sich dort vorstellen/bewerben, neuer Termin. Und dann aber wirklich los! Je länger ich wartete, desto teurer würde die Narkose werden, denn ich nahm ja die ganze Zeit Cortison und aß völlig unbeherrscht, hatte also heftig zugenommen. Und Narkosemittel werden nach Gewicht verabreicht.

Ich war dann also in der Uni-Klinik und wurde bestaunt wie ein Wundertier. Immer wieder kamen Studentengruppen und sahen sich meine Röntgenbilder an, es war wohl ein recht großer, aber zum Glück auch sehr abgegrenzter Tumor. Der verkalkte Kern sagte viel über das

Alter und die fast sichere Gutartigkeit aus. Glück im Unglück!

Die von mir gefürchtete Angiographie war tatsächlich ein kleiner Horror. Als die Sonde oben im Kopf angekommen war, wurde eine Art Klebstoff in den Tumor „geschossen", damit die Blutversorgung unterbunden wurde und die OP besser durchgeführt werden konnte – man musste ja immerhin um den Sehnerv herumschnippeln, möglichst ohne ihn zu zerstören. Je weniger Blut, desto besser die Sicht. Aha. Aber jeder „Schuss" gab einen gemeinen, blitzartigen Schmerz! Es waren kleine Explosionen in meinem Kopf, ich stöhnte und weinte nur noch. Dann „verabschiedete" ich mich, beamte mich weg, erinnere mich nicht mehr. Irgendwann wurde ich wach und erfuhr, dass die OP am nächsten Tag stattfände.

Auch da blendete ich mich schon während der Vorbereitungen aus, den Haar-Klau habe ich nicht mitbekommen.

Das Wachwerden nach 10-stündiger OP war langsam und quälend. Schmerzen. Besonders auch wegen des Beatmungsschlauches, den ich immer noch im Hals hatte. Zeitweise schlief ich, manchmal versuchte ich den Schlauch herauszuwürgen, zwischendurch träumte ich im Halbschlaf wirres Zeug. Zum Beispiel ging mein Onkel Armin an mir vorbei, aber er sah mich nicht an. Ich wollte ihm nachgehen, als jemand zu mir sagte „Du weißt aber, dass er tot ist?!" (er war 1 Jahr zuvor gestorben) – und ich antwortete „Natürlich weiß ich das!". Irgendwie werde ich auch heute noch das Gefühl nicht los, dass ich selbst an der Schwelle stand, aber es noch nicht sein sollte. Ich weiß nur, dass ich nach Narkosen immer ein wenig länger brauche, um wieder selbständig verlässlich zu atmen, der Alarm-Pieper meldet sich dann immer wieder…die Intensiv-Station ist ein sehr lauter Ort!

Am Morgen des 30.4.1997 war ich in den OP gekommen, am nächsten Morgen (Torsten hatte den Abend mit einer Arbeitskollegin beim Tanz in den Mai verbracht, mein Sohn war alleine zu Hause – prima!) kam ich zurück auf mein Zimmer. Und dann Schmerzen, Schmerzen, Schmerzen. Was ich diesem Krankenhaus heute noch übel nehme, ist die Nachsorge. Nämlich nix mit Opiaten, man bot mir Paracetamol-Zäpfchen an. Ich schimpfte, das sei Kinder-Kacke!

Nett hingegen fand ich, dass ich wegen meiner Durchschlaf-Störungen die Erlaubnis bekam, nachts in die Teeküche zu gehen und mir Tee zu machen. Toll war auch, dass auf dieser Neurochirurgischen Station eine eigene Raucher-Ecke bestand, damit wir nicht durch das Gebäude zum Raucher-Zimmer irren mussten – manche waren nach ihrer OP zuerst ein wenig „tüddelig". Und es ist ja bekannt, dass die Raucher ganz schnell den Ehrgeiz haben, wieder aufzustehen und sich zu bewegen, nämlich in Richtung Raucher-Raum (oder –Ecke in diesem Fall). Auf Wunsch wurde man sogar im Bett dorthin geschoben, damit man seinem Rauch-Bedürfnis nachgeben konnte und keinen zusätzlichen Stress hatte! Erstaunlich für ein Krankenhaus, fand ich. Aber klasse!

Als meine Anja mich nach der OP im Krankenhaus besuchen kam, lief sie übrigens glatt an mir vorbei, weil sie mich nicht erkannte. Ich muss schrecklich ausgesehen haben! Man hatte mir nicht alle Haare abgeschnitten, sondern nur die rechte Seite rasiert. Meine rechte Gesichtshälfte war voller Blutergüsse, zuerst dunkelrot/schwarz, dann in allen möglichen Farben schillernd – blau, grün, lila, gelb. Natürlich auch geschwollen. Sowie aufgedunsen vom Cortison. Zuhause machte Torsten Fotos von mir, schockierend! Wenn ich sie mir heute anschaue, denke ich, es wären Aufnahmen aus dem Leichenschauhaus… gruselig!

Die gute Nachricht war, dass der Sehnerv unbeschädigt geblieben war, die Sehkraft auf dem rechten Auge würde also erhalten bleiben. Die schlechte war, dass der Lidhebemuskel durch Blutergüsse und Schwellungen außer Gefecht war, ich konnte das rechte Auge also nicht öffnen. Aber eine Schwester hob das Lid an und ich sah etwas: Entwarnung! Es dauerte dann 3 Monate, bis ich das Auge wieder öffnen konnte. Während dieser Zeit sollten 2 x täglich Augentropfen hineingegeben werden (hatte ich das nicht schon als Baby erlebt?!), und es tat echt weh, das Lid inmitten der Hämatome anzufassen und anzuheben. Wenn ich dann weinte und in Ruhe gelassen werden wollte, blaffte mich die Schwester an „Das muss sein, sonst fault Ihnen das Auge weg!". Als zu Hause Torsten es machen sollte, setzte er sich auf meinen Oberkörper, riss mein Auge auf und platschte die Tropfen mitten aufs Auge anstatt in den unteren Lidsack. Es war ein Drama, wir stritten uns erbittert. Und schlussendlich ging ich 2x täglich zu der netten Apothekerin ums Eck, und sie verabreichte mir die Tropfen vorschriftsmäßig und schonend – worüber Torsten natürlich tödlich beleidigt war!

> Zu der Zeit war es überaus schwierig und anstrengend, immer wieder Grenzen zu ziehen. Zumal Torsten keine Neigung zeigte, diese zu respektieren und zu akzeptieren. Nach meinem Gefühl genoss er auf irgendeine Weise meine relative Abhängigkeit, Wehrlosigkeit und sogar mein gruseliges Aussehen – so hatte er mich sicher und für sich alleine, dachte er wohl… aber er dachte falsch, ich war nicht bereit aufzugeben. Der Kampf ging weiter!

Vor der OP hoffte ich, die schneiden mir den Tumor weg, nähen mich wieder zu, ich erhole mich schnell, die Haare wachsen nach – und gut.

So war es aber nicht!

Kurz nach der Operation bildeten sich 2 große Beulen an meinem Kopf, auf der Stirn und an der rechten Schläfe. Dort sammelte sich Flüssigkeit, Hirnwasser. Es wurde mir so erklärt, dass die Hirnhaut eine harte, zerklüftete Angelegenheit sei, die schwierig zu vernähen ist. Es müssen kleine Risse dort verblieben sein, durch die bei erhöhtem Kopfinnendruck Hirnwasser nach außen gedrückt wurde. Der Druck war abhängig von der physischen und psychischen Verfassung – beides war desolat bei mir. Erster Versuch war es, durch einen Druckverband die Flüssigkeit „zurück zu drängen". Klappte 3 Monate lang nicht! Danach sollte es durch Unterdruck versucht werden – hieß, durch flaches Liegen und eine Ableitung in der Wirbelsäule das Wasser ablaufen zu lassen und zu hoffen, dass sich durch den so entstehenden Unterdruck die Risse schließen/verkleben. Also wieder ab ins Krankenhaus und eine Woche oder zehn Tage stramm liegen, möglichst nicht mal den Kopf heben! War quälend, funktionierte aber auch nicht gut. Lediglich die Beule auf der Stirn verschwand, die an der Schläfe blieb. Das führte zu einem ständigen Druckgefühl um das Auge herum. Auch mein Sehnerv mochte das nicht haben, er wurde nicht mehr gut durchblutet und geriet erneut in Gefahr.

Inzwischen war die Narbe ganz gut verheilt, und die Haare wuchsen zaghaft nach. Ich hatte die langen Haare auf der linken Seite belassen, brachte es einfach nicht übers Herz, sie ebenfalls abzuschneiden. War auch gar nicht nötig, denn direkt nach dem Eingriff bekam ich als Prophylaxe ein Medikament gegen Krampfanfälle – Tegretal. Das sorgte dafür, dass ungefähr die Hälfte meiner verbliebenen Haare ausfielen, und ich legte auch noch einmal an Gewicht zu. Einen Krampfanfall hatte ich tatsächlich nicht, aber beim Blick in den Spiegel bekam ich eine andere Art von Krämpfen...

In der Situation bot man mir an, die frisch verheilte Narbe wieder zu öffnen, mir den Schädelknochen erneut aufzusägen, ein Ventil und einen Schlauch einzubauen, den Schlauch vom Kopf in den Bauchraum zu führen und so das Nervenwasser abzuleiten – es würde vom Körper ausreichend neu produziert werden.

NEIN DANKE! Ich lehnte diese Maßnahme ab, nicht noch mal alles von vorn!

> Mittlerweile hielt die Schwarze sich ganz nah an der Oberfläche auf, war ständig präsent und wollte auf sich aufmerksam machen - die Weiße hatte große Mühe, sie in Schach zu halten. Die Angst war sowieso da, Panik und Selbstaufgabe konnte doch nun keiner gebrauchen.

> Und in solchen Situationen ist die Weiße einfach die Beste – noch immer einigermaßen geordnet, mit verwertbaren Resten von Durchblick und Verlässlichkeit.

Das Druckgefühl um das rechte Auge herum wurde immer unangenehmer und unerträglicher, erzeugte das Bedürfnis, mit dem Kopf gegen die Wand zu rennen! Die körperliche Schwäche blieb und blieb, Erholung und Besserung fanden kaum statt. Ich wohnte im 3. Stock, ohne Fahrstuhl – die letzte Etage ab der 2. bewältigte ich teilweise nur krabbelnd!

Die Bunten verlangten verzweifelt ihr altes Leben zurück.

Die Schwarze wollte wieder mal sterben.

Die Weiße wurde konstruktiv.

Ich erinnerte mich, dass eine Freundin mal erzählt hatte, wie ihre Mutter nach einer Brust-Amputation Lymphdrainagen erhielt. Das ist eine sanfte Art der Streich-Massage, um Flüssigkeiten abfließen zu lassen. Also ging ich zu meinem Neurologen und regte eine solche Behandlung für mich an. Antwort: „Das gibt es nicht für den Kopf." Damit wollte ich mich nicht zufrieden geben, also befragte ich einige Physiotherapeuten direkt. Und siehe da, natürlich gab es das! Also holte ich mir von meinem Hausarzt, der sich wie immer als ein Segen für mich erwies, ein entsprechendes Rezept und ließ mich behandeln. Ziemlich schnell ließ das Druckgefühl nach, und wenigstens in diesem Punkt ging es mir entschieden besser.

Schwarze und Weiße schimpften gemeinsam – um alles muss man sich selbst kümmern, für alles kämpfen – auf niemanden kann man zählen, niemandem vertrauen – nur sich selbst ! (Zur Ehrenrettung meines Neurologen sei gesagt, dass er sich später entschuldigte, er hätte es wirklich nicht besser gewusst und bedankte sich sogar dafür, etwas dazugelernt zu haben – das spricht doch für innere Größe!)

Und dann kam die Schwärze beziehungsweise die Schwarze über mich. Alles wurde dunkel und schrecklich. Oder auch – weil alles schrecklich war, kam die Schwarze und ich fiel in eine tiefe Depression.

Viele Male versuchte ich, mich von Torsten, der mir nicht nur nicht gut tat, sondern mir sogar massiv schadete, zu trennen. Immer wieder schmiss ich ihn raus, aber er gab mir nie meinen Wohnungsschlüssel zurück. Manchmal war er tagelang weg, kam dann aber unverhofft mitten in der Nacht in meine Wohnung – leider ausgerechnet zu Zeiten, als ich wirklich mal schlief! – und stand dann an meinem Bett. Entweder bepöbelte er mich nur, oder er schlich sich an, fasste das Metallbett (mit mir darin) am Fußende, hob es an und ließ es auf den Boden zurück rumsen. Er drängte mir ellenlange Problem-Debatten auf, denen ich vor Erschöpfung – ich schlief ja schon sehr lange so schlecht und war auch deshalb am Ende meiner Kräfte – sowieso nicht lange folgen konnte, geschweige denn, dass ich adäquate Beiträge hätte leisten können. Ich konnte nur versuchen, mich gegen seine Angriffe zu wehren, Grenzen zu setzen, ihn los zu werden. Gelang alles nicht. Mittlerweile war ich auch sehr verschreckt und ängstlich. Freunde rieten mir, das Schloss der Haustür auszuwechseln, damit er mit dem von ihm eisern verteidigten Schlüssel nicht mehr hinein könne. Ich hatte Angst, dass er dann die Tür eintreten würde. Einmal, nur wenige Wochen nach der Operation, ich trug noch den Druckverband, hatte er mich geohrfeigt – ich hielt ihn auch für imstande, mich doller zu schlagen und mich sogar zu töten. Ich überlegte, ob ich ihm zuvorkommen sollte - abwarten, bis er schlief, um ihn dann zu erstechen. Aber ich hatte unglaubliche Angst, dass er sich wehren würde. Und ich musste mir kläglich eingestehen, dass ich sowieso wohl nicht dazu fähig wäre, eine wehrlose/hilflose Person zu attackieren. Mit dieser Erkenntnis fühlte ich mich aber nicht etwa moralisch gut, sondern sah mich als Verlierer, Feigling, Schwächling. Jedenfalls wurde ich ihn nicht los. Und meine Angst wuchs. Sobald er seine Stimme erhob, fühlte ich mich körperlich bedroht. Es gab dann auch Vorkommnisse mit Scherben und Messern, er tickte oft aus. Ich nur innerlich.

> Kleine Erheiterung am Rande: Sobald ich offiziell krank war, ließ er sich von einem Arzt krankschreiben, um mich betreuen zu können. Er gönnte sich mehr als ein Vierteljahr Auszeit und gab den „Edlen, Selbstlosen". Ich hingegen gab den „sterbenden Schwan". Was für ein Gespann!

Zu allem Elend war meine finanzielle Situation ein Desaster. Ich lebte ja inzwischen von Sozialhilfe, es war alles sehr knapp. Manche Rechnung schob ich vor mir her, das Telefon wurde abgestellt. Die Situation spitzte sich zu.

Was mich in dieser düsteren Stimmung zusätzlich belastete, waren sowohl die realen wie auch die von mir befürchteten Reaktionen meines Umfelds. Ich hatte das Gefühl, manche Leute beobachteten mich und warteten darauf, dass ich anfangen würde, wirres Zeug zu erzählen. Obwohl die Schwarze nun am Ruder war, versuchte die Weiße es zwischendurch mal mit sarkastischen Kommentaren, z.B. „Ich bin nicht verrückt, ich habe es nur am Kopf!" – nicht mal Anja fand das lustig.

Dass Anja und ich im Laufe der Zeit ein bisschen auseinander drifteten, lag eindeutig an mir. Wir hatten uns als gleichrangige, starke Frauen kennen- und schätzen gelernt – nun war ich „abgestürzt" und fühlte mich ihr unterlegen. Sie hatte das wohl nicht so empfunden, stand weiter zu mir, aber ich zog mich ein Stück weit zurück. Außerdem stand sie meiner Beziehung zu Torsten sehr kritisch und besorgt gegenüber, wohingegen ihre Beziehung intakt war und blieb. Ich war die Chaos-Anne, sie war beruflich und privat im Aufwind (ohne mich das jemals spüren zu lassen!). Wie gesagt, wir drifteten ein wenig auseinander, aber die gefühlsmäßige Bindung blieb auch ohne den vorherigen Dauerkontakt erhalten – bis heute!

Ich dachte ständig, ich müsse beweisen, dass ich trotz Kopf-OP noch mein funktionierendes Gehirn hatte! Jedenfalls bei den Leuten, die ich kannte. Bei neuen Kontakten hatte ich das schmerzlich bekannte Gefühl, ich müsse diese Krankengeschichte verheimlichen und aufpassen, dass es keiner merkte. Es erinnerte mich wirklich an die kindlichen Gefühle, geheim, geheim, peinlich. Der perfekte Nährboden für die Schwarze. Es bestätigte sie in ihrem Eindruck von der Schlechtigkeit der Welt und der Sinnlosigkeit, dem entkommen zu wollen oder sich dagegen zu wehren.

Ich wollte wieder mal sterben.

Die Bunten und die Weiße waren sich einig darin, bestohlen worden zu sein. Sie wollten einfach ihr altes Leben zurück! Die Schwarze sah in diesem Punkt schwarz – das würde nie wieder klappen, es war vorbei. Alles hart Erkämpfte war verloren! Dafür gab es immer neue „Beweise":

Einmal traf ich eine flüchtige Bekannte auf der Straße, sie blieb schreckensstarr stehen und rief ziemlich laut „Oh mein Gott, wie siehst du denn aus – das ist ja schrecklich!". Danke, ich hatte durchaus selbst einen Spiegel im Haus…

Prima waren allerdings die Kinder und Jugendlichen, die in unserer Hof-Anlage wohnten – sie sprachen mich wenigstens direkt an und gaben mir die Gelegenheit zur Richtigstellung:

„Warst du wegen deinem Kopf in Ochsenzoll?" (das Krankenhaus Ochsenzoll gilt in Hamburg nahezu als Synonym für Klapsmühle, wenn ich das mal so sagen darf). Da konnte ich dann erklären, wie es wirklich war, und sie waren daraufhin zauberhaft zu mir! Kam ich vom Einkaufen, sprangen sie hinzu und trugen mir meine Tasche nach oben. Fragten liebevoll-besorgt, wie es mir ginge. Sagten dann auch mal, dass meine Haare ja schon wieder toll gewachsen seien. Viele Erwachsene sprachen hinter meinem Rücken über mich, die Kids aber waren klasse, nach Erklärungen vorurteilsfrei und unbefangen!

Trotzdem frustrierte es die Schwarze, sie presste auch daraus Nahrung für ihren Kummer. Vielleicht verständlich, aber von der Weißen und den Bunten wurde sie dafür verachtet. Es hat doch was Ekliges, so in Selbstmitleid zu baden – die ist ja wie ihre Mutter, pfui!

Ihre Mutter, die mit Sicherheit von einer ihrer Schwestern erfuhr, was mit mir los war – aber sich trotzdem nicht meldete oder mich im Krankenhaus besuchte. Ich gebe zu, ich hatte es gehofft. Hätte uns dann noch einmal eine Chance gegeben. Aber sie rührte sich nicht.

„ICH BIN NICHT SO WIE DIE!"

Wegen der Finanzlage unternahm ich verhältnismäßig schnell einen Arbeitsversuch. Ich hatte noch einen sehr guten alten Kontakt zu einer Werbeagentur, dort konnte ich als „feste Freie" (ständig beschäftigte Freiberuflerin) halbtags arbeiten, wieder im Bereich Konzeption und Text. Ich quälte mich durch die Situation, denn die Schwarze erschwerte alles. Die Aufzählung ihrer Qualen wollte nicht enden!

„Ich war mal jemand! Hatte beruflichen Erfolg, Geld, gute soziale Kontakte. Nun bin ich ein Niemand, ein Nichts, eine Null-Nummer! Nie wieder wird es mir gut gehen, nicht gesundheitlich, also körperlich, und erst recht nicht seelisch. Kann man tiefer stürzen? Alles ist vorbei!"

> Oh ja, Schwarze, man kann noch viel tiefer! Aber das kommt erst noch…

Sie plante schon wieder, sich umzubringen. Erneut die Nummer mit den Autoabgasen. (Inzwischen war mein Sohn fast 14 Jahre alt, er musste nicht mehr mitgenommen werden. Er war sowieso sehr mit seiner Pubertät beschäftigt und schien recht unbeeindruckt von meiner Situation.)

Jedenfalls war der Plan, ein Auto zu mieten (ich hatte ja nur den Motorroller, auf dem ich sehr ängstlich unterwegs war, denn ich durfte auf keinen Fall stürzen, weil die geflickte Schädelplatte das nicht aushielte, ich war von sofortigem Schädelbruch bedroht…) und es dann allein durchzuziehen. Bis der Gedanke aufkam, dass ja inzwischen alle neuen, modernen Autos einen Kat hatten – bestimmt musste man da nachtanken, um genug Gift zum Sterben einzuatmen, das ging ja gar nicht.

„Nicht mal Umbringen kann man sich. Scheiß-Welt, Scheiß-Leben, alles sinnlos!"

Und nun kommt eine der Lieblings-Geschichten der Bunten und der Weißen (manchmal halten sie zusammen):

Auf dem Höhepunkt – nein, natürlich Tiefpunkt! - der Depression erhielt ich Hilfe! Die Agentur-Chefin bemerkte, dass es mir nicht gut ging und wurde sehr energisch. Ich musste eine Aufstellung über meine unbezahlten Rechnungen machen, wir sprachen es durch, und dann lieh sie mir 3.000 Mark! Ich konnte alles bezahlen, hatte wieder Telefon und schöpfte neue Hoffnung. Sie half mir auch, eine Rente wegen meiner Erwerbsunfähigkeit zu beantragen, denn der Arbeitsversuch war eigentlich gescheitert – ich war nur ab und zu für wenige Stunden arbeitsfähig.

Dann fand ich eine neue Wohnung, im Erdgeschoß, weil ich den 3. Stock ohne Fahrstuhl kaum schaffte. Und sogar einen eigenen kleinen Garten hatte ich dort! All das sogar ohne den Psychopathen Torsten, er übernahm meine alte Wohnung – uffz, geschafft!

Und um die Glückssträhne komplett zu machen, organisierte eine Freundin auch noch einen alten Fiat Panda für mich, den jemand verschenken wollte. Noch 1 ganzes Jahr TÜV – das war wirklich toll! Nicht mehr ängstlich Roller fahren, sondern mit Puffer-Zone in einem süßen, kleinen Frauen-Auto!

An dem Tag, bevor ich das Auto bekam, fuhr ich zum letzten Mal mit dem Roller in die Werbeagentur, um einen Teil des geliehenen Geldes zurückzuzahlen (für meine Schulden stehe ich immer ein! Nach weniger als einem Jahr hatte ich alles abbezahlt!). Und unterwegs ließ ich die Gedanken schweifen, freute mich auf das Auto… bis mir einfiel, dass dieser kleine alte Panda mit Sicherheit keinen Kat hätte. Da fiel ich vor Lachen fast vom Roller! Nun, wo vieles besser wurde und ich mich nicht mehr umbringen wollte, kam dieses Auto zu mir, mit dem ich mich hätte umbringen können. DAS LEBEN IST EIN WITZ! Man muss es nur bemerken und drüber lachen können. Ich kann! Manchmal.

Es wurde also alles besser. Die Schwarze wurde wieder in die Versenkung geschickt, die Weiße übernahm, aber auch die Bunten regten sich wieder.

Ich speckte ab, hatte wieder Haare, mein Rentenantrag wurde bewilligt.

Und da ich sehr gut verdient und einbezahlt hatte, war trotz des frühen Renteneintritt-Alters meine Rente gut, mit 2.100 Mark im Monat war ich fast wieder reich. Nach Abzug aller Kosten hatte ich fast 800 Mark im Monat für Essen, Trinken, Rauchen, Kleidung, Geburtstagsgeschenke und so. Da ich in der Zeit des Sozialhilfe-

Bezugs gelernt hatte, sparsam zu leben, verbrauchte ich für meinen Sohn und mich nur 80 Mark Haushaltsgeld in der Woche, ich konnte also auch die weiteren Schulden abbezahlen. (Vor der Krankheit hatte ich ein Auto auf Kredit gekauft, dann mit Verlust eilig verkauft – den Restkredit konnte ich nicht bezahlen von der Sozialhilfe, und er wurde mir gekündigt. Die Schulden blieben natürlich.)

Nun aber weg damit!

Dieser relative Wohlstand verflüchtigte sich mit Einführung des Euro/Teuro. Schade. Heute bin ich mit 400 Euro im Monat für all diese Dinge fast auf Hartz IV-Niveau. Es ist undenkbar, mit 40 Euro in der Woche, die 80 Mark entsprechen sollen, zu wirtschaften!

Ich fing wieder an auszugehen. Mit einer Freundin entdeckte ich einen Western-Saloon in der Nähe, und Live-Musik + Cowboys fanden mein Interesse.

Die Bunten meinten wohl, sie hätten nun viel nachzuholen. Es folgte eine überaus aktive Zeit! Es ist mir echt peinlich, wie viele Typen sie abgeschleppt haben, respektive von wie vielen sie sich abschleppen ließen. Aber passiert ist passiert, wird unter „Erfahrungen" abgebucht.

Die Intensität dieser Phase war auch geprägt von vielen Rausch-Zuständen, ich trank oft und viel.

Nie bis zum Kontrollverlust, aber bis zum Verlust von Hemmungen und Verklemmungen.

Hauptakteure waren für eine lange Phase nur die Weiße und die Bunten im Wechsel, das fühlte sich ziemlich gut an!

Dennoch hatte es schon längere Zeit Irritationen gegeben: Ich nahm gleich nach der OP für längere Zeit das Anti-Epileptikum Tegretal, und bereits da fiel mir etwas auf – immer mal wieder, unvermittelt, hatte ich, nur für Sekunden, Gedanken oder Gefühle, die überhaupt nicht zu meiner derzeitigen Stimmung passten, sich völlig fremd anfühlten (fast als ginge es um eine andere Person!).

Der Neurologe nannte es Depersonalisations-Erleben, und für ihn passte es zu der Diagnose „hirnorganisches Psychosyndrom". Wie sollte er anderes ahnen können?!

Es kam ab und zu für kurze Zeit an die Oberfläche und verschwand wieder, bevor es greifbar für mich wurde. Ich registrierte es, es war verwirrend. Aber ich wollte mich nicht allzu stark damit befassen, es war mir eben nicht geheuer. Jedoch ohne meinen Alltag allzu sehr zu beeinträchtigen. Also wegwischen.

Wegen der anderen Nebenwirkungen (Haarausfall und Gewichtszunahme) drängte ich bald, das Medikament absetzen zu wollen. Ersatzweise bekam ich Lamectal, das meine Stimmung stabilisierte, aber einen allergischen Hautausschlag verursachte. Danach dann Topamax. Und da wurde es sehr intensiv – manchmal bis zu 5mal am Tag „switch"-Erlebnisse. Nach einer Weile merkte ich, dass es vielleicht doch nicht um eine fremde Person ging, sondern um mich. Um irgendwelche früheren Gedanken und Gefühle? Erinnerungen?

> Heute denke ich, dass die Grenze zwischen der Schwarzen, der Weißen und den Bunten irgendwie dünner wurde, aufweichte. Es schwappte sozusagen mal etwas von einem Bereich in den anderen – wenn also die Weiße dran war, kam ein kleiner Blitz von der Bunten oder der Schwarzen, was ich in dem Moment als unpassend und fremd empfand. Heute weiß ich auch, dass Manisch-Depressive bzw. Bipolare genau mit Medikamenten dieser Art versorgt werden. Das konnte also nicht ohne Wirkung auf mich bleiben!

Damals wusste ich all das noch nicht, ich merkte nur, dass diese Medikamente sich direkt in mein Gehirn einloggten – und das gefiel mir nicht, bereitete mir Unbehagen.

Als das Topamax mir dann auch noch Nierensteine, eine Nierenentzündung und einen Nierenstau bescherten (nicht zu vergessen die heftigen Nierenkoliken!), war das Maß voll. Ich wollte nun gar keine Medikamente mehr nehmen!

Noch einmal entfernte ich mich erfolgreich von meinem unentdeckten Kern-Problem und lebte, lebte, lebte.

Ich ließ mich mit Anfang 40 tätowieren, hatte Sex, Drugs and Rock'n'Roll – wobei die Droge lediglich Alkohol war und die Musik eher Country & Western. Egal, ich hatte ganz viel Spaß, solange ich mir meine körperliche und seelische Minderbelastbarkeit nicht klarmachte.

Das war doch ein guter Zeitpunkt für die nächste Katastrophe, oder?!

Ich fuhr inzwischen wieder Motorroller (ist viel billiger als Auto fahren!). Noch immer war mir klar, dass ich nicht stürzen durfte, weil mein Kopf dann in Gefahr wäre, an seiner empfindlichsten Stelle (OP-Bereich) verletzt zu werden – ich würde schneller einen Schädelbruch bekommen als andere Menschen…

Also, was passierte natürlich?

Eines Abends, ich kam von einer Musik-Veranstaltung (hatte selbstverständlich aber nur Tee getrunken, weil ich ja fuhr!), nahm mir ein Auto die Vorfahrt und fuhr mich um! Ich sah den Wagen von links aus einer Grundstücks-Ausfahrt kommen und mir in den Weg fahren. Keine Chance mehr, rechtzeitig zu halten. Trotz Vollbremsung. Ich hatte nur zwei Gedanken: „Schwein!" und „NEIN!". Dann bekam ich einen harten Schlag, der Roller kippte um und ich rutschte über die Straße. Hat das wehgetan! Keine Handschuhe an, es fühlte sich an, als würden meine Fingerkuppen vom Straßenbelag weggeraspelt! Die ganze Zeit hielt ich den Kopf krampfhaft oben, bloß nicht auf die Straße knallen! Gebremst wurde mein Gerutsche dann durch einen Bordstein, die rechte Schulter rumste dagegen!

Sobald ich da lag, hechtete ich auch schon panisch auf den Bürgersteig, weil ich Angst hatte, dass mich nun auch noch jemand überfahren würde. Aber da war absolut niemand. Es war dunkel, und ich war allein. Das fühlte sich irreal an. Wo war mein Unfallgegner? Abgehauen, das Schwein!

Dann kamen zwei Leute von rechts, also hinter der Unfallstelle, zu Fuß auf mich zu. Ein Mann und eine Frau.

Mittlerweile hatte ich festgestellt, dass meine Fingerkuppen nicht weggeraspelt waren, sie bluteten nur. Als ich den Helm absetzte, fiel mein rechter Arm wieder herunter und die Schulter begann zu schmerzen. Aber ich hatte noch beide Beine, was nach Zweirad-Unfällen keine Selbstverständlichkeit ist! (Wieder Glück im Unglück, ich muss, muss, muss froh sein…)

Der Mann sprach mich an und – verflixt! – er war kaum der deutschen Sprache mächtig, ich verstand ihn nicht. Nicht die Art von Hilfe, die ich mir gewünscht hätte. Ausgerechnet jemand, mit dem ich mich nicht verständigen konnte. Immerhin verstand er, dass ich auf meine auf der Straße liegende Brille deutete. Er hob sie auf und gab sie mir. Hob auch den Roller auf und schob ihn auf den Gehweg. Dann verstand ich aus vielen weiteren unverständlichen Worten das eine Wort „Krankenwagen". NEIN! Meine beiden Hunde waren allein zu Hause. Die würden ohne mich verhungern und verdursten! Ich wollte nicht ins Krankenhaus! Komisch, von Polizei sagte er nichts. Als nächstes verstand ich so etwas wie „was passiert?". Dabei zeigte er auf mich, vielleicht meinte er meinen verletzten Arm, den ich festhielt? Ich dachte, er meinte die Situation, also sagte ich, dass mich jemand angefahren habe und dann abgehauen sei. Daraufhin fing seine Begleiterin an, ihn am Arm wegzuziehen. Er fragte noch mal „Krankenhaus?" und zeigte auf ein Auto, das ein Stück weiter an der Bushaltestelle stand – aber ich würde doch nicht zu Fremden ins Auto steigen! Also gingen die beiden weg.

Hinterher stellte sich heraus, dass es der Unfallfahrer gewesen war – als die beiden merkten, dass ich sie nicht erkannt oder im Verdacht hatte, hauten sie beruhigt ab. Hatten mich nach dem Aufprall überholt, waren rechts herangefahren und wurden von mir deshalb überhaupt nicht dem Unfallgeschehen zugeordnet. Dumm gelaufen.

Ich hatte einen guten Freund angerufen, der mich dann ins Krankenhaus brachte und versprach, sich um die Hunde zu kümmern. Mein Schultergelenk war völlig zertrümmert und musste durch ein künstliches ersetzt werden. Es war ein langer und überaus schmerzhafter Prozess. Wochenlang schlief ich vor Schmerzen nur im

Sitzen, und zuerst nie länger als 1½ bis maximal 2 Stunden am Stück.

Das Krankenhaus benachrichtigte übrigens die Polizei, die dorthin kam. Ich wurde befragt. Hinterher musste ich dann feststellen, dass die tatsächlich eine eigene Interpretation hinzu gefügt hatten „ist evtl. gegen den Bordstein gefahren und dabei gestürzt". Was für eine Gemeinheit! Ich hatte denen genau beschrieben, was passiert war – und sie machten daraus ein Ding von „vielleicht selbst schuld". Ich fand das himmelschreiend ungerecht! Auch unlogisch! Wäre ich so weit rechts gefahren, wäre ich doch auf den Gehweg gestürzt und nicht noch meterlang auf der Straße entlang gerutscht! Außerdem hatte ich einen Schlag hinten links am Roller bekommen.

Die Ermittlungen der Polizei verliefen dann entsprechend leidenschaftslos. Es gab noch Zeugen, die den Mann erkannt hatten, der mich ansprach. Ein Schreibtisch-Polizist ging 4-6 Wochen später (ja, erst dann, ohne bis dahin den Typen mal vernommen zu haben!) um dessen Wagen und um meinen Roller herum, sah keine Spuren (gibt es für so etwas nicht eigentlich eine Spurensicherung mit erfahrenen Leuten?!) und - erledigt! Es war jedenfalls ein Riesen-Frust und Ärgernis.

Kannte ich solche Ohnmachtsgefühle nicht schon? Mal wieder war ich nicht das Opfer, sondern womöglich selbst schuld?! Verdrehung von Tatsachen und Täterschutz statt Unterstützung?

Und noch immer fühle ich mich in Rechtfertigungs-, Argumentations- und Beweisnot …

Abgesehen davon, dass ich wirklich einen schlimmen Schock davontrug, gab dieses Déjà-vu mir in dem Moment den Rest. Ich stürzte wieder ab in Hilflosigkeit und Resignation. Zu allem anderen jetzt auch noch eine weitere körperliche Beeinträchtigung, eine echte Behinderung. Die Bewegungsfähigkeit des rechten Arms bleibt für immer stark eingeschränkt. Ich musste mich teilweise (bis auf Bewegungen eng am Körper, wie beispielsweise schreiben) auf Linkshänder „umschulen".

Ja, es war wirklich noch schlimmer gekommen als nur der soziale Absturz und der Verlust des mühsam aufgebauten (partiellen) Selbstvertrauens. Jetzt auch noch dies. Und nie schmerzfrei – damit kann ich ja besonders gut umgehen…

In der Situation bekam ich das Medikament Trazodon – um schlafen zu können und die Stimmung aufzuhellen.

Zwar konnte ich tatsächlich viel besser schlafen, seit über 10 Jahren (die Durchschlaf-Störungen hatten mit der Tumor-Diagnose begonnen und seitdem fast immer angehalten) erstmals wieder regelmäßig ca. 6 Std. am Stück – aber der Stimmung half ich dann lieber doch noch mal durch zwei Umzüge auf die Beine (eine seit langen Jahren bewährte Methode, eine manische Phase herbeizuführen oder eine bestehende Manie zu verlängern). Es mussten tatsächlich zwei in 1½ Jahren sein, die Wirkung hielt nicht lange an.

> Man könnte auch sagen, dass nichts mehr die Schwarze im Zaume hielt. Sie ließ sich nicht mehr zum Schweigen bringen! Lange, tiefschwarze Depression.

Dass ich nach außen hin noch unauffällig blieb und meinen Alltag bewältigte, verdanke ich meinem kleinen Hunde-Mädchen. Die lütte Renn-Salami forderte ihr Recht, und da ich sie über alles liebe, richtete ich mein ganzes Leben, meinen Tagesablauf nach ihr aus. Jeden Morgen 1 ½ bis 2 Stunden auf den Hundeplatz, damit sie Freilauf hat. Dort treffe ich immer eine sehr nette Gruppe von Hundehaltern und deren Hunden – keiner dort hat gemerkt, dass ich mich umbringen wollte. Das spricht nicht gegen diese Leute, sondern für meine gute Tarnung!

Ich wusste also eigentlich genau, dass und wie und wann ich mir das Leben nehmen wollte. Erfrieren soll nicht so schlimm sein, also bei Minusgraden mit ausreichend Alkohol im Bauch irgendwo versteckt hinpacken. Für meinen Hund wäre gesorgt, mein letzter Ex-Freund, der inzwischen mein bester Kumpel-Freund ist, würde ihn nehmen. Es musste nun nur noch Winter werden.

Dann kam der Moment, wo die Weiße sich wieder einschaltete und den Beipackzettel las. Stichwort Manisch-Depressiv. Internet-Recherche. Puzzle-Teile, die zueinander passten. Besuch bei einem Psychiater, Diagnose.

> Mit der Erkenntnis, dass dies die Erklärung für die vielen Ungereimtheiten meines Lebens, meiner Persönlichkeit(en) sein konnte, kam so etwas wie eine Befreiung über mich. Ich hatte den Schlüssel gefunden.

Noch einmal versuchte ein Arzt, mich medikamentös zu behandeln, wiederum ein Anti-Epileptikum. Ganz schnell nahm ich 3 Kilogramm zu, meine Stimmung war ein wenig besser, aber nicht super. Und ich merkte, dass ich nicht mit dem Verlust der Bunten, also der manischen Phasen (die sich ja gut anfühlen) dafür bezahlen wollte, die Schwarze loszuwerden. Nach einigen Wochen setzte ich das Medikament wieder ab.

DAS IST NICHT MEIN WEG!!!

Ich wollte einen eigenen finden. Und hier ist er. Viele Seiten lang, und fast beendet. Es fehlt nur noch – das Happy-End.

Schauen wir mal…

VI *Ich* rekapituliere

Um zu einem (guten!) Schluss zu kommen, wird es ein Brainstorming (der Begriff wird frei übersetzt verwendet für Ideen-Sammlung – hier heißt es eher Gedanken-Sturm!) geben. Schwarze, Weiße und die Bunten. Zum ersten Mal in einem echten Dia- bzw. Trialog miteinander. Sich austauschend, gegenseitig erhellend.

„Was ist anders seit der Diagnose? Es gibt seitdem ein Ordnungs-Prinzip! Verständnis kommt ja schließlich von verstehen.“

„Ja, genau. Ich will verstanden werden! Immer habt ihr anderen nur versucht, mich zum Schweigen zu bringen und mich zurück zu drängen. Jetzt seht ihr mich mal als Teil dieser Gruppe an und räumt mir vielleicht auch mal meine Existenz-Berechtigung ein?!“

„Stimmt. Entschuldige, du warst immer so anstrengend und lästig. Indem wir Bunten uns von dir distanzierten und dich sogar verachteten, ging es uns besser. Und fürs Wohlfühlen zu sorgen, war schließlich sozusagen unser Job!“

„Den ihr ohne mich auch nicht so gut hättet erfüllen können. Wie oft habe ich wichtige, richtige Schritte eingeleitet. Und wie oft musste ich nach euren bunten Aktionen Schadensbegrenzung betreiben! Ich finde, ich bin die Hauptperson. Auch die Haupt-Akteurin. Mich kennen alle in unserem Umfeld, euch nur manche.“

„Du willst ja wohl hoffentlich nicht weiterhin diesen Hauptfehler machen? Daran krankten wir doch unser Leben lang, dass DU uns zurückdrängen und verleugnen wolltest. Sieh uns doch mal als Team an! Jede von uns ist wichtig. Und wir Bunten haben für ganz viel Spaß gesorgt."

„Ist ja richtig. War ein alter Reflex, das Streben nach Kontrolle. Sorry. Es war nur seit so langer Zeit immer so, dass ihr anderen für drohenden Kontrollverlust standet – da habe ich einen Abwehr-Reflex entwickelt. Das soll sich jetzt aber ändern, ich verspreche es!"

„Da will ich aber auch mitmischen. Ich habe ein Recht auf mein Leid. Und je weniger ihr mir das absprecht, desto weniger muss ich es einklagen. Wenn ich mal traurig sein darf, schaukelt es sich ja vielleicht auch nicht mehr zur Verzweiflung hoch. Lasst mich doch mal heulen! Und versteht bitte meine Ängste, die sind doch begründet. Zum Beispiel meine Angst vor Schmerzen – ich kenne Schmerzen so gut, körperliche wie auch seelische - wie soll ich sie da nicht fürchten?! Es war wirklich ein guter Anfang, für ein Attest zu sorgen, damit ich künftig Eingriffe am Kopf, also schlimme Zahnbehandlungen, nicht mehr durchleiden muss. Jetzt bekomme ich in solchen Situationen Kurz- schlaf-Narkosen! Die schaden mir nicht und erspa- ren mir ganz viel Stress. Danke, Weiße, dass du dich so sehr darum gekümmert hast, ein entspre- chendes Attest zu bekommen. Es liegt nun bei un-

serem Hausarzt, und bei Bedarf wird es verwendet. Bin ich erleichtert!"

„Ist ja gut, kleine Schwarze. Du hast es wirklich am schwersten von uns gehabt. Wir haben uns immer zurückgezogen, wenn Kummer und Schmerzen anstanden – es war uns egal, wer sich damit abquält, Hauptsache nicht wir Bunten! Und dich, Weiße, haben wir auch ganz oft verachtet. Für deinen Perfektionismus, dein ängstliches Bemühen um Integrität. All das war für uns fremde Welt und unnützer Ballast. Wir wollten immer nur alles schön haben. Schön einfach. Nun sehen wir ein, das Leben ist kein Wunschkonzert. Trotzdem sollte man es sich nach besten Kräften angenehm gestalten! Und stimmt es nicht, dass es nach besonders schlimmen Phasen doppelt intensiv schön war, wenn wir uns in Richtung Himmel geflasht haben? Weiße – warum sollte uns einfach nur ein Nichtvorhandensein von Schmerz schon reichen? Das ist doch zu wenig! Vielleicht muss es nicht gleich der Himmel sein, aber ab und an 10 cm über dem Boden wäre doch ein Kompromiss, oder? Die Schwarze mäßigt sich in ihrem leidvollen Aufrechnen und du wirfst nicht immer gleich Bremsklötze oder Anker aus, dafür bleiben wir mehr auf dem Teppich – na, wie ist's, Mädels?"

„Klingt nach dem Versuch einer friedlichen Koexistenz. Ein guter Plan! Könnte von mir stammen…"

„Nun komm uns doch nicht gleich wieder so geschwollen. Du bist immer so kopfgesteuert. Und so bestimmend. Aber vielleicht ist das ein guter Moment, um auch dir einmal Verständnis und Ach-

tung entgegen zu bringen... du hast wirklich nicht weniger Last gehabt als ich! Immer nach außen die unauffällige Fassade aufrecht zu erhalten, egal wie ich innen gewütet habe oder die Bunten herumflippten, das war auch nicht einfach. Und eines hast du auf jeden Fall geschafft, Hochachtung – du bist nicht wie unsere Eltern! Ob Erbanlagen oder Erziehung, du hast es erfolgreich nieder gekämpft, ja besiegt! Während die Bunten und ich unbeirrbar unseren Weg gegangen sind, im Guten wie im Schlechten, hast du an dir gearbeitet. Wenn Strategien nicht funktioniert haben, hast du neue ausprobiert. Nie aufgegeben. Na ja, den Frust und die Verzagtheit zwar auf mich verlagert, aber die Bunten würden sagen, Erfolg hat seinen Preis. Und wenn wir uns als Team sehen, dann war das eben meine Aufgabe, dir den Rücken frei zu halten, indem ich Kummer und Schmerzen auf meine Schultern nahm. Nur bitte, künftig so etwas nicht mehr mit Verachtung danken!"

„Mädels, ich fange an, Euch wirklich zu mögen und zu respektieren. Und das macht mich irgendwie stärker! Wir sind tatsächlich ein gutes Team. Allmählich glaube ich auch, dass wir die verbleibenden Jahre besser verbringen werden als die vergangenen (obwohl die ja nicht immer schlecht waren, nur eben hart).

Es gibt eine Zukunfts-Perspektive. Als Person mit starken Facetten. Und offensichtlich mit großer Wider-

standskraft. Mit einem tollen Freundes- und Bekanntenkreis. Mit einer Lebenspartnerin, die 7 kg geballtes Le-
bensinhalts- und Rettungspotential aufweist – mein
Hundemädchen. Und last but not least – mit Verstand
UND Gefühl."

Ein letztes Resümee:

Dieses Gespräch hat so natürlich nie stattgefunden. Es
war ein stilistisches Mittel, um meine Gedanken- und
Gefühlswelt des letzten Jahres seit der Diagnose „Bipolare Störung = Manisch Depressiv" zu veranschauli-
chen. Die Inhalte stimmen alle!

Die einzige Unentschlossenheit, die auch jetzt noch
besteht, betrifft die noch ausstehende Entscheidung, ob
ich es noch einmal mit einer Gesprächstherapie probie-
re. Vielleicht wäre sie jetzt effektiver, nachdem Thera-
peut/in und ich wüssten, woran wir zu arbeiten hätten?!
Einerseits erscheint es mir sehr mühsam, und ich würde
mich gern davor drücken. Andererseits will ich nicht den
gleichen Fehler machen wie früher – mit allem selbst
und überwiegend kraft meines Verstandes fertig werden
zu wollen.

Ich bin zuversichtlich, die richtige Entscheidung zu treffen.

Zurzeit wohne ich noch in einer Souterrain-Wohnung,
also im Keller. In den letzten 2 Jahren hat der Mangel an
Licht und Sonne die depressiven Phasen sehr begünstigt

– dies werde ich baldmöglichst ändern. Also wieder ein Umzug. Diesmal aber nicht von den Bunten forciert, sondern von dem ganzen Team nach gründlichem Abwägen entschieden. Ich versuche also nicht, mich in eine Manie zu beamen oder eine solche zu verlängern, sondern ich will die Voraussetzungen für eine anhaltende Stabilität schaffen.

Nach jahrelangem Medikamentenkonsum und falscher Ernährung aus Frust und Depression war ich zuletzt eine unglückliche Dicke mit Kleidergröße 46. Parallel zum Schreiben dieses Berichtes (von Januar bis Juli 2010) habe ich mit Hilfe einer Freundin eine Methode gefunden, langsam aber nachhaltig abzunehmen. Zu diesem Zeitpunkt habe ich 12 kg gekillt und passe wieder in Kleidergröße 40. Auch diese Last ist also von mir gegangen, mein Gang ist leichter, freier, dynamischer geworden. Ich fühle mich wohl in meiner Haut.

Nach Beendigung dieses Buches und der Suche nach einem Verlag, werde ich die italienische Sprache erlernen. Das wollte ich schon ganz lange, nun packe ich es an.

Bestimmt wird es trotzdem mal wieder düstere Stimmungen geben. (Ab und zu fühle ich mich, als bewegte ich mich im langatmigen Vorspann zu einem Katastrophen-Film…)

Schon seit einem Jahr habe ich etwas Wichtiges geändert: Da meine Mutter immer mit Selbstmord gedroht hatte, ohne es jemals zu tun, wollte ich – anders als sie – nicht drüber reden und es einfach machen. Nun rede ich in solchen Situationen, nicht mehr erst hinterher. Meine Freunde empfinden es auch nicht als Drohung, sondern als Mitteilungen zu meiner Gefühlslage. Und für mich ist es wie eine Rückversicherung: ich rede, also tue ich es nicht.

Zu meiner Mutter hatte ich nach 16 Jahren Funkstille 2004/2005 noch einmal Kontakt. Zuerst schrieben wir uns, dann sahen wir uns auch wieder. Es war alles sehr verhalten, von beiden Seiten. Einerseits half sie mir nach dem Roller-Unfall in der ersten schlimmen Zeit, als ich mich kaum selbst versorgen konnte – dafür war ich sehr dankbar. Andererseits kamen dann aber auch mal Äußerungen wie: „Wieso hast du später noch mal zu deinem Vater Kontakt gehabt, nach allem, was er dir angeblich angetan hat?". Ich versuchte nochmals ihr zu erklären, dass mein Sohn damals verzweifelt nach seinen Großeltern geweint hatte und sie ja nicht bereit war zu einem Kontakt, mein Vater aber schon. Also habe ich meinem Sohn zuliebe die Zähne zusammengebissen und ihm den Opa (vorsichtig, mit viel Misstrauen) erhalten. Bis er alt genug war, ihm die Situation erklären zu können. Mit 17 oder 18 war sein Opa dann für ihn erledigt, er war absolut parteiisch und loyal mir gegenüber. Sie verstand es trotzdem nicht, denn Zurücknahme eigener Bedürfnisse war ja noch nie ihr Ding gewesen...

Als sie eine Weile später mal wieder wochenlang nicht ans Telefon ging und sich von selbst auch nicht meldete, ich besorgt bei ihrer einen Schwester nachfragte und erfuhr, sie pflege wieder einmal ihre Depressionen, war es bei mir vorbei. Sie hatte in ihrem ganzen langen Leben absolut nichts gelernt und verändert, manipulierte immer noch ihr Umfeld und sah sich als Mittelpunkt des Universums. Es machte mich aber nicht mehr wütend, es wurde mir nur egal und lästig. Ich brach den Kontakt ab. Es hatte keinen Sinn. Zumindest ist es ein gutes Gefühl, diese ohnmächtige Wut nicht mehr zu haben. Es ist ausgestanden!

Mittlerweile bin ich davon überzeugt, dass auch meine Mutter manisch-depressiv ist. Sie geht nur völlig anders damit um als ich. Vielleicht war da nie genug Verstand, um sich damit retten zu können – und dafür könnte sie ja nichts. Also Milde walten lassen.

Mein Vater ist 2004 gestorben. Bezeichnenderweise an Lymphdrüsenkrebs in der Leiste – der „böse Bereich" war sozusagen betroffen. Hat er sich doch noch selbst bestraft oder von höherer Stelle seine passende Strafe bekommen? Ich war schon irgendwie betroffen, als er starb. Aber auch erleichtert.

Der Kontakt zu meinem Sohn ist sehr gut, und das Verhältnis zu meinem Bruder ist in den letzten Jahren so eng geworden, wie es vorher noch nie war. Auch darüber bin ich sehr froh.

Auslöser zum Niederschreiben meiner Geschichte war ein Gespräch über Bücher mit meiner Freundin Gabi, was in mir den langjährigen Vorsatz, irgendwann ein Buch zu schreiben, wieder verstärkte - sowie der Freitod des Fußballers Robert Enke, der so tragisch unverstanden lebte und starb. Die darauf folgende öffentliche Diskussion schien mir zu signalisieren, dass die Zeit reif dafür war, psychische Erkrankungen zu thematisieren und Verständnis für die Betroffenen zu wecken. Vielleicht kann ich hiermit dazu ein wenig beitragen.

Noch ein kleiner Vorwurf in diesem Zusammenhang:

Bevor ich wegen der Diagnose bei dem Psychiater war, suchte ich mehrfach eine Bipolar-Sprechstunde in der Uni-Klinik auf. Sehr dankbar bin ich für das von der Schwarzen erwähnte Attest, damit bei mir Eingriffe am Kopf, wie schwierige Zahnbehandlungen, unter Vollnarkose gemacht werden können/dürfen/sollen, welches ich dort erhielt. Sehr enttäuscht bin ich, weil trotz mehrmaliger Besuche dort und der Zusage, mich telefonisch zu kontaktieren, wenn sich dort eine neue Gruppe formiert (dies sollte im September 2009 geschehen, jetzt haben wir Juli 2010), an der ich teilnehmen könne, niemand sich bei mir gemeldet hat! Und ich mochte auch nicht immer weiter hinterher-hechten. Man weiß dort also um meine Bipolare Störung und die immer wiederkehrenden Selbstmord-Gedanken. Man weiß nicht, ob ich jetzt noch lebe oder mich schon umgebracht habe, und es scheint auch nicht von Interesse zu sein.

Der Psychiater hatte mir ein Medikament verschrieben, das ich aber eigenmächtig nach einigen Wochen absetzte und mich daraufhin auch nicht mehr in der Praxis meldete. Es war klar, dass dieses Medikament für einen begrenzten Zeitraum reichte, danach hätte ich ein neues Rezept gebraucht. Als ich, als Bipolare, mich dort nicht mehr meldete, fragte auch niemand nach, ob es mir gut ginge und ob ich überhaupt noch lebte.

Glücklicherweise geht es mir ja gut, aber das mangelnde Interesse und das nicht vorhandene Verantwortungsgefühl erschüttern mich doch ein wenig.

Klar, die sind alle sehr beschäftigt und haben keine persönliche Bindung/Beziehung zu mir, aber an diesen Stellen fängt die Möglichkeit und vielleicht auch ein bisschen die Pflicht an, Selbstmorde von bekanntermaßen Depressiven verhindern zu können bzw. zu müssen.

Die Schwarze würde früher gesagt haben **„Ich bin denen doch scheißegal, alle lassen mich im Stich!"** – ich/wir sagen das aber nun nicht mehr.

Vielleicht bin ich keine typische Bipolare. Ich reagiere zum Beispiel lediglich sehr ungehalten, wenn während einer Manie sich jemand oder etwas mir in den Weg stellt – aber auch dann noch zu sehr beherrscht, um die für Manien typische Aggression zu zeigen. Wieder eher nach innen als nach außen. Nicht alle Bipolaren sind gleich.

Vielleicht lassen sich psychische Erkrankungen auch nicht in ein bestimmtes Schema pressen.

Das Grundprinzip ist vorhanden, aber so verschieden wir Menschen mit unseren Lebensläufen und Schicksalen sind, so unterschiedlich äußern sich die Krankheiten im Detail.

Nicht vielleicht, sondern ganz sicher hat mich mein Verstand gerettet.

Und trotzdem: HOCH LEBE DAS GEFÜHL!!!

Das hat die Weiße gelernt.

(Seht ihr die bunten und schwarzen Konturen?)

Nachwort

Meine Bitte an alle: Passt immer gut auf Euch auf, Ihr Leute da draußen! Und wenn noch Kraft übrig ist – auch auf andere, die ihr mögt. Ganz besonders auf kleine Mädchen. Punkt.

Nein, das Thema Missbrauch verdient auch noch ein Schlusswort: Wenn einmal von den Tätern (übrigens fast ausschließlich Männer) die Rede ist, wenn sie – ausnahmsweise – angeklagt werden, dann werden viele von ihnen immer wieder verteidigt, indem auf einen vermeintlichen eigenen in der Kindheit erlittenen Missbrauch hingewiesen wird. Dies soll wohl den Eindruck von Ursache und Wirkung erwecken? Was für ein Unsinn!

Ich weiß, wovon ich spreche. Gerade wenn man es selbst erleben musste, würde man bzw. FRAU solche Last NIEMALS weiterreichen, indem man bzw. sie Kinder missbraucht.

Frauen setzen, mehr unbewusst als bewusst, alles daran, sich selbst zu zerstören – durch Alkohol, Drogen, Medikamente, Prostitution, seelische Krankheiten, Selbstmord(-versuche). Und nicht wenige begeben sich in eine Therapie.

Allein diese Zahlen sprechen gegen eine solche absurde Schlussfolgerung „Männer missbrauchen hauptsächlich deshalb, weil sie selbst missbraucht wurden":

Pro Jahr werden schätzungsweise 300.000 Kinder missbraucht (inkl. der Dunkelziffer, zu der ich auch gehöre, da es ja nie eine Anzeige gegen meinen Vater gab).*

Von diesen 300.000 sind mindestens 250.000 Mädchen – übrigens von Säuglingen angefangen bis hin zu Pubertierenden.

Also rund 250.000 Mädchen sind betroffen und rund 50.000 Jungen. Selbst wenn ALLE 50.000 Jungen später zu Tätern würden, bleiben 250.000 Fälle, die so nicht „erklärt" werden können. Aus ca. 15% Opfern können evtl. 100% Täter werden, aber es werden dennoch nicht mehr als 50.000 von 300.000.

Auch das musste noch einmal festgestellt und geschrieben werden. Ausrufezeichen!

*Quelle: Väter als Täter, Barbara Kavemann und Ingrid Lohstöter, rororo

Nachlese

„Für wen ist dieses Buch geschrieben?", wurde ich gefragt. Meine Antwort lautet: „Für Betroffene. Sowohl psychisch Kranke als auch deren Umfeld – Familie, Freundes- und Bekanntenkreis."

Und deshalb soll hier MEIN UMFELD auch noch zu Wort kommen!

Ich habe einige dieser Menschen um ein Statement in Briefform gebeten. Es folgt die unzensierte Wiedergabe:

Von meiner Freundin Gabi, die mich lange und gut kennt – und trotzdem mag:

„Ich kenne Dich nun schon seit 22 Jahren, und mit „Dich" meine ich die Bunten, die Schwarze und die Weiße – auch wenn ich „sie" nicht so genannt habe. Ich hab sie alle lieb, auch wenn die Bunten und die Schwarze mir manchmal etwas Angst machten. Ich habe immer als besonders liebenswert empfunden – und das wird von Euch total übersehen! – dass ihr alle etwas gemeinsam habt, und das sind Verlässlichkeit, Hilfsbereitschaft und Treue gegenüber Euren/Deinen Freunden. Ich möchte hier jetzt kein neues Buch schreiben.....und von Dir erzählen, sondern Deinen Mut bewundern, dieses Buch zu schreiben und zu veröffentlichen, und ja, mich für 22 Jahre Freundschaft, in denen Du mir so oft mit Rat und Tat zur Seite gestanden hast und mich nie alleine gelassen hast, bedanken!"

Von meiner Freundin Marita, die mich seit 27 Jahren kennt, aber erst jetzt richtig kennenlernt:

„Liebe Anne, habe Deinen Buch-Entwurf gelesen. Ich bin sehr berührt gewesen. Leider haben wir nie persönlich (oder wenn, dann nur ansatzweise) darüber gesprochen. Toll, dass Du nach Deinem sehr bewegten Leben jetzt die Zeit und Kraft hast, darüber zu schreiben.

Deine Mutter hat Dich nie verstanden, und wird es wohl auch nie.

Es ist sehr traurig, dass Kinder in dem Alter keinen Ansprechpartner haben. Du hast Dein Leiden gut lesbar beschrieben. Ich habe den ganzen Entwurf in einem Stück gelesen und war betroffen und entsetzt.

Hoffentlich wird dieses Buch verlegt und hilft eventuell betroffenen Kindern, sich zu wehren oder Hilfe zu bekommen.

Ich habe das Manuskript auch Ute, einer Bekannten vom Campingplatz, zum Lesen gegeben. Sie sagte mir, es ist schon schrecklich, was in Familien passieren kann, ohne dass die Umwelt davon etwas mitbekommt. Aber es ist sehr gut geschrieben und zügig lesbar.

Ich hoffe von ganzem Herzen, dass Du einen „Bestseller" geschrieben hast und hoffe auch, wir bleiben noch lange befreundet!

Ganz liebe Grüße sendet Dir Marita"

Von meinem Freund Thomas, der einen „eingebauten Detektor" zum Aufspüren der Schwarzen hat und oftmals als einziger dann Zugang zu mir fand und für mich da war:

„Es freut mich sehr, dass du einen Weg aus deiner Krankheit gefunden hast. Ein vorsichtiges Lenken auf dieses Problem wurde mit allen Mitteln abgeblockt. Hier war dein siebter Sinn sehr gut. Die Zeit war für mich teilweise sehr schwierig und interessant. Du warst wie ein Überraschungs-Ei. Ich wusste nie, wer mich von euch erwartet und wie viele. Ich hoffe, dass dein Buch auch anderen Betroffenen Mut macht, mit dieser Krankheit zu leben. Es ist eine Krankheit, die jeden treffen kann. Die Betroffenen sind krank aber nicht blöd.

Ich hoffe, dass unsere Freundschaft noch viele Jahre halten wird.

PS: Bis zum nächsten Umzug. "

Von meinem Bruder, der auch keine tollen Eltern hatte:

„Da ich als Bruder von dem Missbrauch, der im Kindesalter geschah, nichts bemerkt habe, jedenfalls nicht bewusst, ist es für mich natürlich auch interessant, die Details zu erfahren. Richtig in Anne hineinversetzen kann ich mich natürlich nicht, aber ich kann mir viel der seelischen Not vorstellen. Da ich unsere Eltern ja auch kennen gelernt habe, muss ich alle ihre Eigenarten hier bestätigen. Mir würden sogar noch einige Dinge einfallen, an denen man erkennen könnte, dass die beiden nicht sauber tickten (und zum Teil auch heute noch nicht sauber ticken). Es gab bei unseren Eltern leider nie einen selbstkritischen Reifeprozess.

Um bei Annes Satz zu bleiben „Niemand ist so überflüssig im Leben, als dass er nicht wenigstens noch als schlechtes Beispiel dienen könnte..." übertrage ich es jetzt einfach mal auf unsere Eltern. Tatsächlich habe ich immer wieder die schlechten Beispiele meiner Eltern im Kopf und versucht, es in meinem Leben, vor allen Dingen mit meinen Kindern, besser zu machen. Auch die ganzen Dinge die hier über die Eltern stehen, lassen mich immer mal wieder prüfen, wie ich in bestimmten Situationen reagiere und inwieweit dies von den Eltern kopierte Verhaltensweisen sind. Wenn einem das klar wird, dann hat man schon den ersten Schritt in Richtung einer Verbesserungsmöglichkeit getan!"

Von meiner Freundin Andrea, die mich noch gar nicht so sehr lange kennt, aber trotzdem ziemlich gut – vielleicht weil wir dasselbe Sternzeichen haben(?):

„Anne habe ich vor einigen Jahren als eine fröhliche, liebe und sehr hilfsbereite Person kennengelernt. Im Laufe der Jahre unserer Freundschaft gab es Zeiten (Phasen), die für mich schon sehr schwierig waren, da ich zu der Zeit nicht wusste, wie ich mich verhalten sollte. Anne hat sich dann sehr zurückgezogen, war nicht herauszulocken und durch nichts aufzumuntern. Da habe ich schon manchmal an unserer Freundschaft gezweifelt, da ich nicht wusste, warum sie so war. In den euphorischen Phasen hatte ich dafür umso mehr Spaß und Freude an ihr entdeckt. Diese Zeiten habe ich umso mehr genossen. Nach und nach habe ich Anne besser kennengelernt und konnte mit den „Phasen" etwas besser umgehen. Nachdem ich dieses Buch gelesen habe, ist mir einiges viel klarer und manche Situationen für mich im Nachhinein verständlicher geworden. Ich finde, Anne ist es gelungen, einen Ratgeber zu schreiben, der dem Umfeld bzw. der Familie der manisch-depressiven Menschen diese Krankheit erklärt und die Phasen erkennbar macht. Somit kann die Familie (das Umfeld) besser damit umgehen bzw. die Manisch-Depressiven unterstützen, besonders aus den schwarzen Phasen herauszukommen. Ich werde Anne auf jeden Fall auch in den kommenden Freundschaftsjahren an der Seite stehen und die schwarzen (bunten, weißen) Phasen mit ihr meistern."

Von meiner allerbesten Freundin Anja, der das Schlusswort gebührt:

„Vieles habe ich gewusst, einiges geahnt, anderes war neu für mich. (Leider) erst jetzt erkenne ich die Zusammenhänge und warum Anne oft nicht nur örtlich für mich kaum erreichbar war.

Es ist wunderbar, dass Anne zu feige war, sich umzubringen – wie es wahrscheinlich viele andere mit einem vergleichbaren Lebenslauf und Krankheitsbildern getan hätten, sondern ihr Leben und ihre Krankheit angenommen und dieses Buch geschrieben hat.

Weiter so, liebste Anne!"

Danksagungen

Ich danke Gabi für den Impuls, dieses Buch zu schreiben und für die allererste positive Kritik, als ich ihr eine Rohfassung zeigte – das hat mich sehr be- und gestärkt!

Dankeschön an Claudia und Ela für den Zuspruch. Sie haben mich von Kapitel zu Kapitel getragen und mich dabei ertragen…

Bei Anette bedanke ich mich für die konstruktive Kritik in Stilfragen und Aufbau, sie war eine wertvolle Hilfe!

Christel hat wunderbar akribisch Korrektur gelesen – danke!

Ganz besonders danke ich Michi für die enthusiastische Beurteilung und die fachmännische Unterstützung! Das tolle Cover ist von ihm. Außerdem hat er mich gerettet, als ich verzweifelt mit meinem PC kämpfte, um aus einem Manuskript eine Druckvorlage zu machen. Und um die PR wird er sich auch noch kümmern! Was wäre schwarz-weiß-bunt ohne ihn? Ein Text in einer Schublade, ungedruckt und ungelesen. Michi, Du bist klasse!

Last but not least danke ich allen, die mich trotz allem mögen. DANKE, DANKE, DANKE!